우리가 몰랐던 원본의 거친 민낯

동화, 두 개의 얼굴

김지영 엮음

브라운 힐
BrownHillPub

동화, 두 개의 얼굴

1판 1쇄 인쇄 | 2025. 12. 5.
1판 1쇄 발행 | 2025. 12. 10.

엮은이 | 김지영
펴낸이 | 윤옥임

펴낸곳 | 브라운힐
서울시 마포구 토정로 214번지 (신수동)
대표전화 (02)713-6523, 팩스 (02)3272-9702
전자우편 yun8511@hanmail.net
등록 제10-2428호

ISBN 979-11-5825-186-4 03890
값 16,000원

들어가는 말

동화라 부르는 이야기들은 흔히 순수하고 따뜻한 세계를 떠올리게 한다. 그러나 전해 내려온 초기 전승을 들춰보면, 우리가 알고 있는 부드러운 이미지와는 어울리지 않는 잔혹함과 폭력, 죽음과 배신 등 인간 본성의 어두운 측면을 적나라하게 드러내는 장면들이 반복적으로 등장한다. 이 책에서 소개하는 열두 편의 원본 동화들도 오늘날 대중이 기억하는 '동심의 문학'과는 거리가 먼 세계를 담고 있다.

이러한 원본이 형성된 배경은 중세와 근대 초기 유럽 및 우리나라의 조선시대가 공유한 사회적 불안, 높은 아동 사망률, 계층 간 폭력, 여성의 취약한 사회적 지위, 공동체적 훈육 전통에서 비롯된 것으로 전해진다. 당시의 동화는 오늘날의 '아동용 오락물'이 아니라, 삶의 위험을 서사로 알려 주고 공동체 규범을 전달하기 위한 교육적 장치로 기능하였다.

〈헨젤과 그레텔〉의 버려진 아이들, 〈노간주나무〉의 가정 내 살인, 〈빨간 구두〉의 신체 훼손, 〈콩쥐팥쥐전〉의 잔혹한 응징 등은 모두 그러한 시대 현실을 반영하는 것으로 보인다. 결국 원본의 잔혹성은 단순한 자극적 요소가 아니라, 공동체의 생존을 위한 도덕·금기(禁忌)·경고의 메시지를 서사 형식으로 전달하는 문화적 기제(機制)였다고 해석할 수 있다.

이후 19세기 후반부터 20세기에 이르러, 동화는 아동을 대상으로 한 '가정용 서사'로 재편되기 시작하였다. 산업화와 시민계급의 성장, 도덕적 계몽을 중시한 교육관, 기독교적 온정주의, 그리고 출판 시장의 확대가 순화판의 등장을 촉발한 것이다. 폭력과 잔혹한 장면은 수위가 낮아지거나 삭제되고, 결말은 교훈적 또는 낙관적으로 재구성되었다. 〈인어공주〉의 비극은 사랑과 희생의 이야기로, 〈성냥팔이 소녀〉의 절망은 종교적 위안으로, 〈아기돼지 삼형제〉의 복수 서사는 노력과 근면의 메시지로 바뀌었다. 즉 순화판의 중심축은 아동 정서 보호와 도덕 교육의 균형에 있었다.

이러한 동화의 원본과 대중판의 차이는 크게 네 가지 측면으로 요약할 수 있다.

첫째, 폭력성과 죽음의 처리 방식이 다르다. 원본은 죽음을 포함한 현실의 위험을 있는 그대로 보여주지만, 대중판은 장면을 축소하거나 상징적인 묘사로 대체한다.

둘째, 가해(加害)나 피해(被害)의 구도가 단순해진다. 원본의 인물들은 종종 잔혹한 피해자이거나 복합적 성격을 지니지만, 대중판은 '착한 인물'과 '악당'으로 명확히 구분되는 경향을 보인다.

셋째, 도덕적 결말의 방향이 달라진다. 원본은 때로 잔혹한 응징이나 비극으로 이야기를 마무리하지만, 대중판은 용서, 성장, 행복한 결말을 선호한다.

넷째, 사회적 배경이 약화되거나 생략된다. 원본이 담았던 빈곤·기근·여성 억압과 같은 시대의 구조적 문제가 대중판에서는 거의 드러나지 않는다.

오늘 우리가 익히 알고 있던 내용과는 달리 어둡고 잔인해서 불편한 감정을 불러일으키는, 지난 시대의 동화 원본을 읽어야 할 필요성은 무엇일까?

원본은 한 시대의 현실을 기록한 문화사적 자료로서 가치가 있으며, 순화판이나 대중판에 가려진 사회적 구조와 인간 본성을 해석하는 데 도움을 준다. 또한 현대의 독자에게는 동화의 서사 구조와 사회적 변천을 함께 이해할 수 있는 학습적·비평적 관점을 제공하며, 창작이나 교육이나 연구 등 다양한 분야에서 재해석의 기반을 마련해 준다. 요컨대 원본 동화는 단순한 옛이야기가 아니라, 문화적 원형(原型)의 지도이자 인간성의 거울이라 할 수 있다. 단, 원본의 잔혹성만은 당시의 시대적 맥락 속에서 읽고 이해하는 것이 바람직하겠다.

따라서 이 책에서 소개하는 여러 원전은 단순한 '자극적 이야기'가 아니라, 인간이 오래도록 겪어 온 두려움·소망·도덕의 흔적이 응축된 문화적 유산으로 받아들여야 할 것이다. 순화판이나 대중판이 주는 따뜻한 시선과 원본이 드러내는 적나라한 현실 인식은 서로 배타적인 것이 아니므로, 두 버전의 대비를 통해 우리는 각 시대상(時代相)을 반영하는 이야기의 본래 힘을 더욱 정확히 파악할 수 있다.

이 책은 원본을 있는 그대로 재현하는 데 목적을 두되, 독자가 당시의 문화와 시대적 맥락을 함께 살펴볼 수 있도록 '작품 해설'을 덧붙였다. 원본을 읽으면서 현재의 대중판과 견주어 이해해 보는 일은 단순한 호기심을 넘어, 인간 문화의 형성 과정을 통찰하는 하나의 중요한 경험이 될 것이라고 믿는다.

차 례

개구리 왕자

The Frog Prince

아주 오랜 옛날, 소원을 빌면 무엇이든 단박에 이루어지던 시절에 한 왕이 살고 있었습니다. 왕에게는 딸이 여럿 있었는데, 모두가 하나같이 예뻤습니다. 그러나 그중에서도 막내 공주가 유난히 예뻐, 온 세상을 두루 구경해 온 해님조차도 막내 공주의 얼굴을 비출 때마다 그 아름다움에 놀라움과 감탄을 금치 못할 정도였습니다.

왕이 사는 성 근처에는 나무들이 무성한 숲이 있었습니다. 그 숲에는 오래된 보리수나무가 한 그루 있었고, 나무 밑에는 샘이 있었습니다.

막내 공주는 날이 더울 때면 숲으로 나가 시원한 샘물가에 앉아 있곤 했습니다. 그러다 심심해지면 가장 아끼는 황금 공을 공중에다 높이 던졌다가 받는 놀이를 하며 시간을 보내곤

했습니다.

그러던 어느 날이었습니다. 공주는 그날도 황금 공을 높이 던지며 놀고 있었습니다. 그런데 중간에 황금 공이 공주의 손을 맞고 튀어 나가더니 바닥으로 툭 떨어지는 것이었습니다.

데굴데굴 굴러가던 황금 공은 멈칫하더니 샘물 속으로 쏙 들어가고 말았습니다.

공주는 공이 굴러가는 것을 눈으로 좇고 있다가, 황금 공이 물속으로 사라지자 그 자리에 우뚝 서서 한동안 꼼짝하지 않았습니다.

샘은 바닥이 보이지 않을 만큼 아주아주 깊었습니다. 아무리 들여다보아도 황금 공은 보이지 않았습니다. 샘으로 들어가는 건 불가능해 보였습니다.

공주는 참았던 울음을 터뜨렸습니다.

황금 공을 건져낼 수 없다는 데 생각이 미치자, 다시는 그 공을 가질 수 없다는 슬픔이 갑자기 밀려와 점점 더 큰 소리로 울었습니다.

한참을 그렇게 슬피 울고 있을 때 누군가가 공주를 부르는 소리가 들렸습니다.

"왜 그러세요, 공주님? 누가 죽기라도 했나요……?"

공주는 어디서 소리가 나는지 알 수 없어 어리둥절했습니다.

한참을 두리번거리며 주변을 둘러보는데, 못생긴 개구리 한 마리가 통통한 머리를 물 밖으로 쑥 내밀고 있는 것이 눈에 들어왔습니다.

공주는 반가운 마음이 들어 이렇게 말했습니다.

"아! 늙은 물첨벙이, 너였구나. 내가 좋아하는 황금 공이 샘물에 빠져 울고 있는 거야."

그러자 개구리가 말했습니다.

"이제 진정하고 그만 우세요. 제가 도와드릴게요. 그런데 장난감을 건져 오면 나한테 뭘 주실래요?"

그 말을 들은 공주는 이렇게 대답했습니다.

"원하는 건 뭐든 다 줄게. 내가 가진 예쁜 옷이랑 반짝이는 보석이랑 모두 모두 다 줄게. 네가 좋다면, 머리에 쓴 이 황금 왕관도."

그러자 개구리가 떼를 쓰듯이 말했습니다.

"옷이나 보석이나 황금 왕관, 그런 건 다 싫어요. 그냥 저에게 다정하게 대해 주고 말벗 삼아 공주님과 함께 놀게 해줘요. 식탁에 나란히 앉아 공주님의 예쁜 황금 접시에 담아 음식도 같이 먹고, 물도 공주님의 예쁜 잔에 따라서 같이 마시고, 예쁜 공주님 침대에서 같이 잘 수 있게 해준다고 약속하세요. 그러면 물속으로 들어가 황금 공을 꺼내 올게요."

공주는 황당한 요구에 정말 어이가 없었지만 마지못해 약속했습니다.

"알았어, 약속할게. 황금 공만 다시 가져오면 네가 하자는 대로 할게."

하지만 공주는 속으로 이렇게 생각했습니다.

'멍청한 개구리, 정말 웃기는 소리 하네. 같은 물에서 사는 개구리들과 어울려 개골개골하면서 노래나 부를 것이지, 어디 감히 사람의 친구가 되겠다고!'

공주의 약속을 받아낸 개구리는 머리를 물속에 쏙 집어넣더니 샘물 깊숙이 내려갔습니다.

잠시 후 개구리는 다시 물 위로 사르르 헤엄쳐 올라왔고, 입에는 황금 공을 물고 있었습니다.

개구리가 황금 공을 풀밭에 던지자, 공주는 뛸 듯이 기뻐하며 그것을 냉큼 집어 들었습니다.

그런데 황금 공을 집어 든 공주는 개구리한테 고맙다는 인사도 하지 않고 도망치듯이 냅다 뛰어가는 것이었습니다.

그러자 개구리가 팔짝팔짝 뛰며 소리쳤습니다.

"기다려요, 공주님! 공주님, 나랑 같이 가야죠. 난 공주님처럼 빨리 뛰어갈 수 없다고요."

하지만 개구리가 목이 터질 만큼 개골개골해 봤자 아무 소용이 없었습니다.

공주는 들은 척도 하지 않고 서둘러 집으로 돌아가 버렸고, 황금 공을 찾아준 개구리를 까맣게 잊어버린 것 같았습니다.

그리하여 불쌍한 처지가 된 개구리는 다시 샘물 속으로 들어갈 수밖에 없었습니다.

며칠 후, 공주는 왕과 대신들과 나란히 식탁에 앉아 황금 접시에 담긴 음식을 먹으며 행복한 시간을 보내고 있었습니다.

그때 무엇인가가 '자박, 자박' 하는 소리를 내며 대리석 계단을 기어오르는가 싶더니 문을 마구 두드리며 소리치는 것이었습니다.

"공주님, 막내 공주님! 문 좀 열어주세요!"

누가 왔는지 궁금해진 공주가 밖으로 나가 문을 열었습니다. 그런데 눈앞에 개구리가 납죽 앉아 있는 게 아니겠습니까.

화들짝 놀란 공주는 자기도 모르게 문을 쾅 닫아 버린 다음 식탁으로 돌아와 앉았습니다.

공주의 가슴이 콩콩 뛰고 있는 것을 눈치챈 왕이 물었습니다.

"얘야, 뭐가 그리 무서운 거야? 문 앞에 널 잡아가려는 거인이라도 서 있단 말이냐?"

공주는 그 말에 당황하며 얼버무리듯이 대답했습니다.

"아, 아, 아니에요. 거인은 무슨……? 징그러운 개구리예요."

왕이 무슨 소리냐는 듯이 다시 물었습니다.

"개구리라니? 개구리가 무슨 볼일이 있어서 너한테 왔단 말이냐?"

공주는 할 수 없다는 듯이 그간 있었던 일을 설명했습니다.

"아버지……. 아, 그게 말이에요. 며칠 전에 숲속 샘물가에서 공놀이하다가 황금 공을 물에 빠뜨렸어요. 그래서 엉엉 울고 있었는데, 개구리 한 마리가 나타나 황금 공을 물속에서 꺼내 줬어요. 그 대신 제 친구가 되고 싶다고 해서 그러라고 약속했어요. 그때는 개구리가 물 밖으로 나올 거라곤 상상도 못 했는데, 지금 저렇게 와서 안으로 들어오겠다고 하는 거예요."

공주가 이런 말을 하는 동안, 개구리는 또다시 문을 두드리며 소리쳤습니다.

"공주님, 막내 공주님! 문 좀 열어주세요. 어제 공주님이 시원한 샘물가에서 한 말을 벌써 잊으셨나요? 공주님, 막내 공주님! 문 좀 열어주세요."

개구리가 계속 시끄럽게 소리치자 왕이 말했습니다.

"무슨 약속이든, 네가 한 약속은 반드시 지켜야 한다. 당장 문을 열어주어라!"

공주는 왕의 말을 거역하지 못하고, 자리에서 일어나 문을 열어주었습니다.

그러자 개구리가 폴짝폴짝 뛰어서 방 안으로 들어오더니 공주의 뒤를 졸졸 따라왔습니다. 그리고 공주가 앉은 의자 밑까지 와서 소리쳤습니다.

"공주님! 저를 공주님 옆으로 올려주셔야죠."

공주가 우물쭈물하면서 멈칫거리자, 그 광경을 보고 있던 왕이 다시 명령했습니다.

"얘야, 어서!"

의자에 앉혀진 개구리는 다시 식탁으로 올려 달라고 했고, 공주는 말없이 개구리를 식탁 위에 올려주었습니다.

그러자 식탁 위에 떡하니 앉은 개구리가 말했습니다.

"공주님의 황금 접시를 좀 더 가까이 밀어주세요. 그래야 같이 먹죠."

공주는 영 내키지 않아 음식이 목에 걸리는 것 같았지만, 개구리가 말하는 대로 할 수밖에 없었습니다.

접시에 담긴 음식을 정신없이 먹고 난 개구리가 말했습니다.

"공주님, 이제 배가 부르니 쉬고 싶네요. 그러니 저를 공주님 방에 있는 푹신한 침대로 데려가 주세요. 그리고 우리 함께 누워서 자는 거예요."

공주는 그 말을 듣자 훌쩍훌쩍 울기 시작했습니다. 차가운 개구리가 손에 닿는 것도 섬뜩한데, 예쁘고 포근한 침대에서 같이 자겠다니 말입니다.

그러나 이 모습을 지켜보고 있던 왕이 호통을 쳤습니다.

"공주, 어려울 때 도와준 상대를 무시하면 안 되는 법이니라!"

공주는 할 수 없이 두 손가락으로 개구리를 집어 올려 자기 방으로 들고 갔습니다. 그리고는 방 한구석에 팽개치듯 내려놓았습니다.

너무나 힘이 빠진 공주가 옷도 갈아입지 않은 채 침대에 드러눕자, 개구리가 기어 와서 말했습니다.

"난 몹시 피곤해요. 나도 공주님처럼 편하게 자고 싶어요. 날 침대에 올려주세요. 안 그러면 임금님께 이를 거예요."

그 말에 공주는 참고 있던 화가 치밀어 올라 벌떡 일어났습니다. 그리고는 개구리를 잡아 들어, 있는 힘껏 벽에 내던지며 소리쳤습니다.

"이제 맘껏 쉬어라, 이 더럽고 징그러운 개구리야!"

그런데 바닥에 떨어진 개구리는 개구리가 아니었습니다. 다정한 눈빛을 지닌 아름다운 왕자였습니다.

왕자는 고약한 마녀의 마법에 걸려 개구리가 되었는데, 오로지 공주만이 샘물에서 자기를 구해줄 수 있었다는 이야기를 들려주었습니다.

자초지종을 알게 된 왕은 '공주가 사랑하는 친구이자 남편이 돼라.'고 왕자에게 말했고, 공주는 아버지의 지시를 따르겠다고 했습니다.

왕자는 다음 날 공주를 자기 나라로 데려가고 싶다고 했습니다.

그리고 둘은 잠이 들었습니다.

이튿날 아침, 밝은 햇살이 왕자와 공주를 깨웠을 때 하얀 말 여덟 마리가 끄는 마차 한 대가 성에 도착했습니다. 머리에 하얀 타조 깃털을 꽂고 황금 사슬로 된 마구를 걸치고 있는 말들이 끄는 마차였습니다.

마차 뒷자리에는 젊은 왕자의 충성스러운 신하인 하인리히가 서 있었습니다.

하인리히의 가슴에는 강철 띠 세 개가 감겨 있었습니다. 자기의 주인인 왕자가 개구리로 변한 것을 알게 된 그는 너무나 아프고 슬픈 나머지 심장이 터져 나갈까 봐, 철로 만든 띠로 가슴을 감아 달라고 부탁했던 것입니다.

슬픔에 잠겨 있던 하인리히는 왕자가 마법에서 풀려난 것을 알게 되자 누구보다도 기뻐하면서 왕자를 자신들의 나라로 모셔 가려고 단숨에 마차를 몰고 왔습니다.

하인리히는 왕자와 공주가 마차에 오르는 걸 도와준 다음 다시 마차의 뒷자리에 섰습니다.

마차가 얼마쯤 달렸을 때, 뭔가 우지끈거리는 소리가 뒤쪽에서 들려왔습니다.

그러자 왕자가 뒤를 돌아보며 소리쳤습니다.

"하인리히! 마차가 부서지나 봐."

"아닙니다, 왕자님. 마차가 부서지는 것이 아니라, 제 가슴을 감아 놓은 띠가 끊어지는 소리입니다. 마녀가 마법을 걸어 왕자님이 개구리로 변했을 때, 가슴이 터질 것처럼 아파서 강철 띠로 꽁꽁 감아 놓았었거든요."

한 번, 또 한 번! 가는 길에 우지끈거리는 소리가 두 번이나 더 났습니다. 그때마다 왕자는 마차가 부서지는 줄 알고 비명을 질렀습니다.

충성스러운 하인리히는 가슴에서 강철 띠가 끊어지는 소리가 날 때마다 더할 수 없는 기쁨이 차올랐습니다. 왕자님이 마법에서 풀려나, 안전하고 행복해졌으니까요.

작품 해설

1) 원본 동화

① 작가와 시기

이 이야기는 그림 형제(Jacob & Wilhelm Grimm)가 1812년에 출간한 《어린이와 가정동화》 초판에 처음 수록되었다. 그들은 독일 민간 설화를 수집하여 기록했는데, 그중 가장 첫 번째 이야기로 실린 것이 바로 '개구리 왕자'다.

② 요약 줄거리

어느 왕국의 공주가 황금 공을 연못에 떨어뜨리자, 개구리가 그걸 주워주는 대신 공주에게 '함께 식사하고, 침대에서 같이 잠들게 해달라.'고 요구한다.

공주는 마지못해 약속하지만, 연못에서 공을 돌려받자 약속을 무시하고 달아난다.

그러나 개구리가 성으로 찾아와 약속을 요구하자, 왕의 명령으로 공주는 어쩔 수 없이 개구리와 함께 식사하고 방으로 들어간다.

그때 공주가 역겨워하며 개구리를 벽에 내던지자, 그 순간 개구리가 잘생긴 왕자로 변한다.

왕자는 마법에 걸려 개구리로 변했으며, 공주의 행동으로 마법이 풀린 것이라 밝히고, 결국 둘은 결혼하게 된다.

2) 대중판 동화

① 작가와 시기

대표적인 대중판은 디즈니의 《공주와 개구리(The Princess and the Frog)》(2009)이다.

또한 19~20세기 여러 아동용 동화집에서도 '입맞춤으로 마법이 풀린다.'는 형태로 바뀌었다.

② 요약 줄거리

공주는 개구리에게 처음엔 혐오감을 느끼지만, 점점 마음을 열고 진심으로 사랑하게 된다.

개구리에게 입맞춤하자 마법이 풀리고, 왕자로 변하며 둘은 행복하게 결혼한다.

폭력적인 장면은 모두 사라지고, 사랑과 이해를 통해 변화가 일어나는 이야기로 바뀌었다.

3) 원본과 대중판의 차이점

원본에서는 분노와 혐오의 행동(던짐)으로 마법이 풀리지만, 대중판에서는 사랑의 행동(입맞춤)으로 해결된다. 주제 또한 '약속과 책임'에서 '사랑과 진심의 힘'으로 바뀌었다.

또한 원본의 어두운 분위기와 폭력적인 요소가 모두 제거되고, 따뜻하고 낭만적인 이야기로 변했다.

4) 참고 사항

원본에는 '철의 하인 하인리히(Iron Heinrich)'라는 인물이 등장하는데, 주인이 개구리로 변해 마음의 고통을 견디기 위해 가슴을 철로 묶었다는 상징적인 캐릭터다.

이는 '충성'과 '사랑의 인내'를 상징하지만, 이후 버전에서는 거의 삭제되었다.

잭과 콩나무

Jack and the beanstalk

옛날, 어떤 마을에 잭(Jack)이라는 사내아이가 아빠와 단둘이서 살고 있었습니다.

엄마는 잭이 어렸을 때 가출하여 행방을 알 수 없었는데, 마을 사람들은 남자가 생겨 몰래 도망친 거라고 수군거렸습니다.

아빠는 어린 잭이 상처받을까 봐 이렇게 거짓말을 했습니다.

"네 엄마는 하느님이 불러서 하늘나라에 갔단다. 하늘나라에서 틀림없이 행복하게 살고 있을 거다."

잭은 엄마 이야기를 들을 때마다 하늘을 올려다보며 하늘나라에서 즐겁게 살고 있을 엄마 모습을 그려보곤 했습니다. 그곳은 잭이 사는 마을과 똑같은 시골로, 언덕과 언덕 사이로 강이 흐르고 빨간 지붕의 집들이 옹기종기 모여 있었습니다. 언덕 위에 자리한 예쁜 교회에는 예수님이 계셨으며, 하늘나라에 온 사람들을 모아서 설교하는 모습까지도 눈에 떠오르곤 했습니다.

그런 상상을 할 때마다 잭은 자기도 빨리 하늘나라에 가고 싶다고 생각했습니다. 그래서 한번은 이 이야기를 아빠한테 했는데, 아빠가 평소와 달리 무서운 표정으로 화를 냈기 때문에 그다음부터는 절대 입 밖에 내지 않았습니다.

잭의 집에는 암소 한 마리가 있었습니다. 잭과 아빠는 암소의 젖을 짜서 근근이 생계를 이어가고 있었습니다.

그런데 어느 날인가부터 갑자기 암소의 젖이 나오지 않게 되자, 아빠는 안절부절못하며 어찌할 바를 몰라 하다가 마침내 결단을 내렸습니다.

"달리 방법이 없구나. 젖소를 팔 수밖에. 마침 오늘이 장날이니, 네가 소를 끌고 가서 팔아 오너라."

아빠는 그렇게 말하면서 나쁜 상인에게 속지 말라고 몇 번이나 주의를 주었습니다.

잭은 소의 고삐를 쥐고 시장으로 향했습니다. 그런데 마을 성문 근처에 이르렀을 때 웬 할아버지가 부르는 소리가 들려, 걸음을 멈추고 뒤돌아보았습니다.

"잭, 잘 있었니? 그런데 지금 어딜 가는 거지?"

한 번도 본 적 없는 할아버지가 어떻게 알았는지, 잭의 이름을 부르며 묻는 것이었습니다.

"시장에 가요. 이 소를 팔려고요."

"소가 참 좋아 보이는구나."

"좋은 소예요. 이제 젖은 나오지 않지만."

"내 맘에 드는데, 그 소를 나에게 팔지 않을래?"

할아버지는 이렇게 말하더니, 주머니에서 강낭콩 한 알을 꺼냈습니다. 그리고는 강낭콩과 소를 바꾸자고 하는 것이었습니다.

잭은 겨우 콩 한 알을 받고 판다면 아빠에게 혼날 것 같아서, 더 많이 주지 않으면 안 된다고 잘라 말했습니다.

그러자 할아버지가 이렇게 설명했습니다.

"이것은 보통 콩이 아니다. 이걸 뿌리면 하룻밤 안에 콩나무가 쑥쑥 자라 하늘까지 닿는단다. 그러면 하늘나라에도 올라갈 수 있지."

하늘나라에 올라가면 엄마를 만날 수 있겠다는 생각이 들자, 잭은 서둘러서 강낭콩과 소를 바꾸어버렸습니다.

잭이 소의 고삐를 넘겨주자마자 할아버지는 소를 갈기갈기 찢어 무서운 기세로 먹어치우더니 눈 깜짝할 사이에 거인으로 변했습니다.

잭은 부들부들 떨면서 도망치듯 부리나케 집으로 돌아왔습니다.

"벌써 왔니? 그래, 소는 얼마나 받고 팔았니?"

아빠가 물었습니다.

잭이 마법의 콩과 바꿨다고 자랑하며 강낭콩을 내밀자, 아빠는 벼락같이 큰소리로 호통을 쳤습니다.

"이 멍청한 놈아! 하늘까지 닿는다는 그 콩나무를 타고 하늘나라든 어디든 당장 꺼져버려! 바보 같은 녀석 같으니라고."

그러더니 강낭콩을 창밖으로 던져 버리고는 이불을 뒤집어쓰고 자리에 누웠습니다.

다음 날 아침, 잭이 허기진 배를 끌어안고 눈을 떴을 때 여느 날과는 달리 방 안으로 아침 햇살이 비치지 않았습니다. 이상하게 생각하면서 밖을 내다보니, 커다란 나뭇잎이 달린 굵은 강낭콩 덩굴이 구름을 뚫고 하늘 끝까지 뻗어 있었습니다. 잭은 그것이 엄마가 있는 하늘나라로 통하는 사다리처럼 여겨졌습니다.

잭은 정신없이 콩나무가 있는 곳으로 달려가 위쪽으로 위쪽으로 올라갔습니다. 하얀 솜 같은 구름을 몇 덩이 빠져나가 계속 올라가자 마침내 하늘나라가 나타났습니다.

그곳에는 잭이 상상하고 있던 언덕과 강이 있었고 넓은 밭과 빨간 지붕 집, 교회 같은 건물도 보였습니다. 햇살이 약하게 비쳐 사물에 그림자가 없는 게 조금 이상했지만, 주위의 풍경은 잭이 사는 마을과 같은 전형적인 시골이었습니다.

잭이 개울을 따라 걸어가는데, 맞은편에서 빨간 도깨비 같은 거인이 다가왔습니다. 얼핏 보고 그 거인이 소를 잡아먹은 할아버지, 아니 할아버지로 둔갑한 거인이라는 것을 알아챘습니다. 무서운 도깨비일지도 모르지만, 그래도 강낭콩은 진짜 마법의 콩이었고 달리 갈 데도 없었기에 잭은 우선 거인의 뒤를 쫓아가기로 했습니다.

거인이 커다란 시골집으로 들어가자, 안에서 여자 목소리가 들렸습니다.

"아이가 왔어요?"

"아직 한 명도 안 온 것 같아."

남자가 대답하자, 여자는 미친 듯이 깔깔거리면서 웃고 나더니 투덜거렸습니다.

"아무튼, 당신은 얼빠진 사람이에요. 콩나무를 타고 어린애들이 줄지어 올라올 거라더니……."

잭이 창으로 살짝 들여다보니 남자 거인이 비쩍 마른 갓난아기 같은 것을 빵에 얹어 먹고 있는 참이었습니다.

'역시 사람을 잡아먹는 도깨비였구나.' 하는 생각이 들자, 잭은 오금이 저려 옴짝달싹할 수가 없었습니다.

그런데 거인이 커다란 입으로 빵을 정말 맛있게 먹는 것을 보자, 잭은 자기가 어제저녁부터 아무것도 먹지 않았다는 것이 생각났습니다. 그리고 그때 마침 배에서 꼬르륵 소리까지 나는 것이었습니다.

그러자 그 소리를 들은 거인들이 휙 뒤를 돌아보았습니다. 여자 거인과 눈이 마주쳤을 때 잭은 엉겁결에 "엄마!" 하고 외치고 말았습니다. 여자 거인은 잭이 몇 번이고 꿈속에서 보아온 엄마가 틀림없었기 때문입니다.

원래는 시골 여자답게 씩씩한 엄마였지만 지금은 소처럼 살이 쪄 영 사람 같지 않은 커다란 덩치가 되어 보기에도 무서운 모습이었습니다. 하지만 잭은 '그것은 도깨비가 되었기 때문에 어쩔 수가 없다. 이 도깨비는 틀림없이 엄마다.'라고 생각하고, 다시 한번 "엄마!"라고 불렀습니다.

"여보, 저 녀석이 뭐라고 하는 거야?"

"몰라요. 나는 저런 얼간이는 몰라요."

여자 거인이 당황해하며 말했습니다.

잭이 엄마를 만나고 싶어서 콩나무를 타고 왔다고 하자, 여자 거인은 귀찮다면서 욕을 했습니다. 게다가 너 같은 바보는 우리에게 잡아먹혀야 한다고 독설까지 퍼부었습니다. 남자 거인은 아내가 흥분한 것을 보고는 몹시 놀라며 말했습니다.

"잘생긴 꼬마지만, 당신 아들이라니 잡아먹을 수가 없군. 이러면 어떨까? 잭은 이곳에서 우리와 함께 살면서 거인이 되는 게?"

"농담이라도 그런 말은 입에도 담지 마세요. 끔찍해요, 정말 끔찍하다고요."

거인의 아내는 혈압이 오르는지 얼굴이 시뻘겋게 물들었습니다.

"저런 개구쟁이와 살 바에야, 차라리 여기서도 도망쳐 버리는 게 나아요."

이곳에 오지 말았어야 했다는 것을 잭도 알게 되었습니다.

"역시 저는 아빠한테 돌아가야겠어요. 그래도 가끔 엄마를 만나러 와도 괜찮죠?"

"만나서 뭐 하려고?"

여자 거인은 오싹할 정도로 차가운 목소리로 말했습니다.

"자, 오늘은 그만 돌아가는 게 좋겠다. 그래도 당신 아들인데, 선물로 황금알을 낳는 암탉이라도 주지 그래."

남자 거인이 분위기를 바꾸며 말하자, 여자 거인이 창고에서 암탉 한 마리를 가져왔습니다.

"낳아라!"

남자 거인이 소리치자 암탉이 황금알을 낳았습니다.

잭은 암탉을 안고 슬픈 얼굴로 엄마를 돌아다보며 콩나무가 있는 쪽으로 걸어갔습니다. 덩굴을 타고 내려가려고 하다 문득 아래를 내려다보니, 눈앞이 아찔한 게 당장이라도 쓰러질 것만 같았습니다. 아무 생각 없이 올라올 때는 좋았지만, 막상 내려가려고 하니 공포가 엄습해서 도저히 몸을 움직일 수가 없었습니다. 어쩔 수 없이 잭은 울면서 다시 거인의 집으로 갔습니다.

창문으로 안을 들여다보니 침대 위에서는 대낮부터 거인 부부가 벌거숭이가 되어 거리낌 없이 소리를 지르며 한창 뒤엉켜 있었습니다.

민망하게도 잭이 창밖에서 얼씬거리고 있는 것을 밑에 깔려 있던 여자 거인이 보았습니다. 여자 거인은 오싹하리만큼 싸늘한 미소를 띠고서 잭에게 눈짓했습니다. 기다리고 있으라는 신호 같았습니다.

창문 앞에 쭈그리고 앉아 있자, 한참 만에 여자 거인이 나왔습니다. 여자 거인은 차가운 웃음을 머금은 채 "엄마!" 하고 부르는 잭의 목을 양손으로 잡더니, 닭 모가지를 비틀듯이 단숨에 비틀어 죽였습니다.

여자 거인은 잭의 시체를 창고 속에 숨겨 두었다가, 저녁 식사 때 어린이 스튜라고 하며 남자 거인에게 내놓았습니다.

"이것 참 맛있네. 뭐니 뭐니 해도 어린애 고기가 최고야. 저 콩나무를 타고 어린애가 또 왔나?"

"그럼요. 이곳이 하늘나라라고 생각하고 올라오는 애들은 얼마든지 있을 거예요."

여자 거인의 말대로 다음 날에도 해가 떠오르지 않은 이른 아침부터 남자아이 한 명이 거인의 집 창문에 얼굴을 대고 안을 들여다보고 있었습니다.

작품 해설

1) 원본 동화

① 작가와 시기

18세기 초에서 중반 무렵의 영국의 민담(설화)에서 유래했으며, 정확한 작가는 알려지지 않는다.

이 이야기는 1730~1740년경 '잭과 마법의 콩나무 이야기(The Story of Jack Spriggins and the Enchanted Bean)'라는 제목으로 인쇄되어 널리 알려지게 되었다.

1807년 벤자민 태불린이 문학적으로 정리한 판이 최초의 정식 출판본이며, 이후 19세기 초 조지 크룸, 1890년 조셉 제이컵스 등이 대중판으로 재구성했다.

② 요약 줄거리

잭은 어릴 때 엄마가 가출한 후 아빠와 단둘이 사는 소년이다. 어느 날 아빠는 젖소를 팔아 오라고 잭을 시장에 보낸다. 잭은 시장으로 가는 길에 '할아버지'로 탈바꿈한 거인을 만나 젖소를 '마법의 강낭콩'과 맞바꾸게 된다.

화가 난 아빠는 강낭콩을 창밖으로 던져 버리는데, 다음 날 그 콩은 하늘까지 닿는 거대한 '콩나무'로 자라난다. 잭은 그 콩나무를 타고 올라가 거인이 사는 커다란 시골집에 도착하고, 그곳에서 거인으로 변한 엄마를 만난다.

잭은 아들이라는 이유로 '황금알을 낳는 암탉'을 선물로 받고 풀려나지만, 덩굴을 잡고 다시 내려가는 것이 너무 무서워서 거인의 집으로 되돌아온다. 그리고 그곳에서 잭은 거인으로 변한 엄마와 거인에게 잡아먹힌다.

2) 대중판 동화

① 작가와 시기

19세기 초 영국의 편집자이자 아동문학가였던 조셉 제이컵스가 1890년에 간행한 《영국 민화집(English Fairy Tales)》에 수록되면서 알려지게 되었다.

이후 디즈니, 어린이 동화책, 애니메이션 등에 힘입어 순화된 대중판이 정착했다.

② 요약 줄거리

제이컵스의 대중판에서 잭은 엄마와 단둘이 사는 사내아이로 등장하는데, 이야기에 '정당한 복수'의 동기가 부여된다. 하늘나라의 거인은 사실 과거 잭의 아빠를 죽이고 재산을 빼앗은 악한 존재로 설정된다. 잭은 복수를 위해 콩나무를 타고 거인의 성으로 올라가는 모험을 떠난다. 거인의 아내가 숨겨 주는 도움을 받으며 잭은 황금으로 된 물건들을 모두 가져오고, 끝내는 거인을 떨어뜨려 아빠의 복수를 완수한다.

이 버전은 어린이 독자에게 도덕적 정당성을 부여하기 위해, 단순한 도둑질이 아닌 '정의로운 복수'로 이야기를 윤색한 것으로 알려진다.

3) 원본과 대중판의 차이점

원본 이야기에서는 잭의 행동을 어릴 때 가출한 엄마를 만나고 싶다는 열망과 하늘나라에 대한 호기심에서 비롯된 것으로 설명하며, 거인은 친자식도 아랑곳하지 않고 사람을 유혹해 잡아먹는 식인(食人)으로 묘사한다.

그러나 대중판에서는 잭이 정의로운 인물로 재해석되며, 거인은 악의 상징으로 설정된다. 원본의 어두운 분위기는 대중판에서 거의 사라지고, 대신 가족애와 정의감이 강조된다.

4) 참고 사항

이야기에 나오는 '거인'은 켈트 신화나 고대 북유럽 설화의 잔재로, 권력자·지배계층의 상징으로 해석되기도 한다. 또한 콩나무는 하늘나라(신성한 세계)로 향하는 '세계수(세계 나무)' 모티프의 변형으로, 인간의 탐구심과 욕망을 상징한다.

헨젤과 그레텔

Hansel and Grethel

커다란 숲이 있는 마을에서 가난한 나무꾼이 아내와 두 아이와 함께 살고 있었습니다. 남자아이의 이름은 헨젤이고, 여자아이는 그레텔이었습니다.

어느 해, 온 나라에 심한 기근이 들었습니다. 나무꾼의 집은 워낙 살림이 빈한하여 늘 먹을 것이 부족했는데, 그해에는 그나마 매일 먹을 빵도 마련할 수 없는 지경이 되었습니다. 나무꾼은 이런저런 걱정으로 마음이 무거워, 밤이 되어도 좀처럼 잠을 이루지 못했습니다.

그러던 어느 날 밤, 그날도 잠이 오지 않아 몸을 뒤척이다가 한숨을 푹 내쉬며 아내에게 말했습니다.

"앞으로 어떻게 될까? 우리도 먹을 것이 없지만, 불쌍한 저 어린 것들을 굶겨야 할 텐데……."

그러자 아내가 대답했습니다.

"그럼 여보, 내일 아침 일찍 아이들을 숲으로 데리고 가면 어떨까요? 울창한 숲으로 들어가 모닥불을 피워 주고, 빵을 한 덩어리씩 나눠주는 거예요. 그런 다음 아이들만 그곳에 놔두고, 우리는 일하러 가는 거죠. 우리가 다시 그곳으로 가지 않는다면, 아이들은 길을 모르기 때문에 집으로 돌아오지 못할 거예요. 그렇게 되면 아이들한테서 벗어날 수 있지 않을까요?"

그 말에 남편이 말했습니다.

"안 돼, 여보. 난 그런 짓은 할 수 없어. 자식들을 숲에 버리고 오다니……. 인간이 그런 몹쓸 짓을 하면 안 되는 것 아니오? 사나운 짐승들이 달려들어 애들을 잡아먹을 텐데……."

남편의 말에, 아내가 버럭 화를 내며 소리를 질렀습니다.

"멍청한 사람 같으니라고! 그렇게라도 하지 않으면 우리 넷 다 이대로 굶어 죽는다고요! 그렇게 하는 것이 싫다면, 관을 짤 널빤지를 구해 대패로 미시구려."

아내의 성화를 이기지 못한 나무꾼은 어쩔 수 없이 그러자고 말하고서 한숨을 내쉬었습니다.

"하지만 아이들이 너무 불쌍해……."

그런데 너무 배가 고파서 잠을 자지 못하고 있던 두 아이는 엄마가 하는 말을 다 엿들었습니다.

그레텔이 눈물을 뚝뚝 흘리며 헨젤에게 말했습니다.

"오빠, 이제 우린 끝장인가 봐."

헨젤이 말했습니다.

"그레텔, 조용히 해. 너무 슬퍼하지 말고. 무슨 방법이 있을 거야."

아빠와 엄마가 잠이 들자 헨젤은 침대에서 일어나 옷을 걸치고는 아래 문을 열고 살그머니 밖으로 빠져나왔습니다.

달빛이 환히 비치고 있었습니다. 집 앞에 깔린 하얀 조약돌들이 달빛을 받아 마치 은화처럼 반짝였습니다.

헨젤은 가능한 한 많은 조약돌을 주워 주머니에 가득 집어넣었습니다.

다시 방 안으로 들어온 헨젤이 침대에서 뒤척거리고 있는 누이동생 그레텔에게 말했습니다.

"그레텔, 걱정하지 말고 잠이나 푹 자. 하느님께서 우리를 지켜주실 거야."

"알았어, 오빠. 오빠도 빨리 자."

헨젤도 다시 침대에 누웠습니다.

이튿날 새벽, 동이 트기도 전에 엄마가 아이들을 깨우기 시작했습니다.

"일어나, 게으름뱅이들아! 나무를 하러 숲에 가야 해."

엄마는 아이들에게 빵을 한 덩어리씩 주면서 말했습니다.

"점심때 먹어라. 더는 먹을 게 없으니까, 점심이 되기 전에 미리 먹지 말고!"

헨젤의 주머니에는 조약돌이 가득 들어 있었으므로, 빵 덩어리는 그레텔이 자신의 앞치마로 쌌습니다.

잠시 후, 네 식구는 숲으로 가려고 집을 나섰습니다.

얼마쯤 걷다가, 헨젤은 걸음을 멈추더니 집 쪽을 돌아보았습니다. 그리고는 몇 걸음 안 가서 또 돌아보고, 또 돌아보는 일을 반복했습니다.

그러자 그런 헨젤을 보고 아빠가 말했습니다.

"헨젤, 뭘 보느라고 그렇게 꾸물대는 거야? 앞만 보고, 부지런히 가야지."

헨젤이 대답했습니다.

"아, 아빠. 하얀 아기 고양이가 우리 집 지붕 위에 앉아서 잘 가라고 인사를 하는 것 같아서요."

그러자 엄마가 말했습니다.

"이 바보 멍청이야! 그건 고양이가 아니라 굴뚝에 비친 아침 햇살이라고!"

사실, 헨젤은 아기 고양이를 쳐다본 것이 아니었습니다. 반짝이는 조약돌을 주머니에서 하나씩 꺼내 일정한 간격을 두고 길바닥에 떨어뜨리고 있었던 겁니다.

숲 한가운데에 이르자, 아빠가 말했습니다.

"얘들아, 땔나무를 모아 오너라. 너희들이 춥지 않게 불을 피워 줄 테니까."

헨젤과 그레텔은 마른 나뭇가지들을 모아, 작은 나뭇단으로 만들어서 갖고 왔습니다.

나뭇더미에 불이 붙어 제법 활활 타오르자 엄마가 말했습니다.

"얘들아, 불 옆에 앉아서 쉬렴. 우린 숲속으로 좀 더 들어가 나무를 베어야겠다. 일이 끝나면 너희를 데리러 올게."

헨젤과 그레텔은 불 옆에 앉아 있다가 점심때가 되자 갖고 온 빵을 나누어 먹었습니다.

탁탁! 나무 찍는 도끼 소리가 들려와, 아이들은 아빠가 근처에 있다고 생각했습니다.

하지만 그건 도끼 소리가 아니었습니다. 아빠가 말라죽은 나무에 매달아 놓은 나뭇가지 하나가 바람에 흔들리며 죽은 나무를 두드리는 소리였습니다.

아이들은 장난도 치고 노래도 부르면서, 처음에는 시간 가는 줄 모르고 놀았습니다. 그러다가 차츰 노는 것이 시들해졌고, 오랫동안 불 옆에 앉아 있어서인지 나른하게 졸음이 몰려와 어느새 스르르 잠이 들고 말았습니다.

그러다가 한기를 느낀 아이들이 눈을 떴을 때는 벌써 사방이 칠흑같이 어두워져 있었습니다.

겁을 먹은 그레텔이 훌쩍거리며 말했습니다.

"어떻게 해? 이 숲속을 어떻게 빠져나가지?"

그러자 헨젤이 그레텔을 달래며 말했습니다.

"걱정하지 마. 잠깐만 기다려 봐. 잠시 후 달이 뜨면 길을 찾을 수 있을 테니까."

얼마 후에 둥근 달이 환히 떠올랐습니다. 헨젤은 누이동생의 손을 잡고 조약돌을 따라서 걷기 시작했습니다.

새로 만든 은화처럼 반짝이는 조약돌이 집으로 갈 수 있도록 친절하게 길을 안내해 주어, 그들은 동이 틀 무렵 집에 도착했습니다.

그들이 문을 두드리자, 엄마가 문을 열었습니다.

엄마는 헨젤과 그레텔을 보더니, 깜짝 놀란 듯한 표정으로 말했습니다.

"이런 못된 것들! 숲에서 무슨 잠을 그렇게 오래 자는 거야? 너희들이 다시는 돌아오지 못할까 봐 얼마나 걱정한 줄 아니?"

하지만 아빠는 크게 내색은 하지 않았지만, 매우 기뻐했습니다. 숲속에 아이들만 버려두고 온 것이 영 마음에 걸려 마음이 편치 않았는데, 이렇게 다친 데 없이 돌아온 것을 보니 눈물이 날 것만 같았습니다.

얼마 지나지 않아 온 나라가 다시 어려워져, 곳곳에서 굶어 죽겠다는 비명이 빗발쳤습니다.

그러던 어느 날 아이들은 밤에 잠자리에 들었다가, 엄마가 아빠에게 하는 말을 들었습니다.

"먹을 게 다 떨어졌어요. 이제 빵도 반 덩어리밖에 남아 있지 않아요. 이러다간 정말 손가락만 빨게 생겼다고요. 애들을 집에서 내보내야지, 뾰족한 수가 없어요. 이번엔 길을 찾을 수 없도록 더 깊은 숲속으로 데려가야겠어요. 달리 방법이 없잖아요."

그 말을 들은 나무꾼은 가슴이 무거웠지만, 아무 말도 하지 못한 채 이런 생각만 했습니다.

'조금 남은 빵이라도 아이들과 함께 나눠 먹으면 더 좋을 텐데…….'

하지만 아내는 남편의 생각에는 관심조차 두지 않고 계속 채근만 했습니다. 일단 한 번 양보하면, 다음에도 양보해야 하는 것이 세상 이치인 것 같습니다.

나무꾼은 처음부터 아내의 말에 반대하지 못하고 들어줬기 때문에 이번에도 들어줄 수밖에 없었습니다.

깨어 있던 아이들은 두 사람의 이야기를 모두 들었습니다.

잠시 후에 아빠와 엄마가 잠이 들자, 헨젤은 지난번처럼 조약돌들을 주워 오려고 살며시 일어났습니다. 그러나 엄마가 문을 잠가 놓았기 때문에 밖으로 나갈 수가 없었습니다.

헨젤은 훌쩍이는 누이동생 그레텔을 다독였습니다.

"울지 마, 그레텔. 걱정하지 말고 푹 자도록 해. 하느님이 우리를 도와주실 거야."

다음 날 아침 일찍 엄마가 아이들 방으로 와서 아이들을 깨웠습니다.

잠도 덜 깬 아이들에게 엄마는 빵을 한 덩이씩 나눠주었는데, 지난번보다 훨씬 작았습니다.

숲으로 가는 길에 헨젤은 주머니 속에 든 빵을 잘게 부스러뜨렸습니다. 그리고 이따금씩 걸음을 멈추고 빵 부스러기를 길바닥에 뿌렸습니다.

그러자 아빠가 말했습니다.

"헨젤, 뭘 그렇게 두리번거리며 서 있는 거야? 어서어서 길을 가야지."

헨젤이 대답했습니다.

"우리 집 지붕 위에 앉아 있는 조그만 비둘기를 바라보았어요. 저한테 작별 인사를 하는 것 같아서요."

그러자 엄마가 말했습니다.

"바보 같으니! 그건 비둘기가 아니라 굴뚝에 비친 아침 햇살이잖아."

헨젤은 부지런히 걸으면서도, 일정한 간격을 두고 빵부스러기를 조금씩 길바닥에 뿌렸습니다. 하지만 빵이 워낙 작다 보니, 얼마 후 조금도 남지 않았습니다.

엄마는 아이들을 한 번도 가 본 적 없는 아주 깊은 숲속으로 데리고 가더니, 한 곳에 자리를 잡고 앉아 모닥불을 피우면서 말했습니다.

"얘들아, 여기서 쉬고 있어. 졸리면 좀 자고. 우린 나무를 해올 테니. 일이 다 끝나면 너희들을 데리러 올게."

점심때가 되자 그레텔은 빵을 오빠와 나눠 먹었습니다. 헨젤이 갖고 있던 빵을 모두 길바닥에 뿌렸기 때문입니다.

빵을 먹고 나서 헨젤과 그레텔은 잠이 들었습니다.

하지만 저녁때가 되어도 아빠와 엄마는 아이들을 데리러 오지 않았습니다.

아이들은 캄캄한 밤이 되어서야 비로소 눈을 떴습니다.

헨젤이 울먹이는 누이동생을 달래면서 말했습니다.

"조금만 기다려, 그레텔. 달이 뜨면 내가 뿌려놓은 빵 부스러기가 보일 거야. 그러면 집에 가는 길을 찾을 수 있다고."

달이 뜨자, 아이들은 길을 찾아 나섰습니다. 하지만 빵 부스러기는 눈에 띄지 않았습니다. 숲과 들판을 날아다니는 새들이 다 쪼아먹었기 때문입니다.

헨젤이 그레텔에게 말했습니다.

"틀림없이 길을 찾을 수 있을 거야."

하지만 아이들은 길을 찾지 못했습니다. 아이들은 밤새 걸었습니다. 그리고 아침부터 밤까지 하루를 더 걸었지만, 숲에서 빠져나오지 못했습니다.

헨젤과 그레텔은 배가 너무나 고팠습니다. 땅바닥에서 자라는 산딸기 몇 개밖에 먹은 것이 없었습니다.

너무 지쳐서 한 발자국도 움직일 수 없게 되자, 아이들은 나무 밑에 쓰러져 잠이 들었습니다.

집을 떠난 지 벌써 사흘이 되었습니다. 아침이 되자 아이들은 다시 걷기 시작했지만 점점 더 깊은 숲속으로 빠져들 뿐이었습니다.

게다가 누군가가 와서 도와주지 않으면 배고프고 목이 말라 죽어 버릴 지경으로 지쳐 있었습니다.

그런데 점심때쯤 눈처럼 하얗고 예쁜 작은 새가 나뭇가지에 앉아 지저귀기 시작했습니다.

노래를 부르는 소리가 너무나 아름다워, 아이들은 자기들도 모르게 걸음을 멈추고서 가만히 귀를 기울였습니다.

작은 새는 노래를 끝내더니, 날개를 퍼덕이며 앞으로 날아갔습니다. 마치 아이들에게 따라오라고 손짓하는 듯이…….

아이들은 이런저런 생각하지 않고 새를 따라갔습니다.

얼마를 걸었을까……. 눈앞에 오두막집 한 채가 있었고,

새는 오두막집 지붕에 살포시 내려앉았습니다.

가까이 다가가서 보니, 오두막집이 빵과 과자로 지어져 있었습니다. 지붕은 과자였고, 창문은 투명한 사탕이었습니다.

믿을 수 없다는 듯이 바라보고 있던 헨젤이 말했습니다.

"우아! 이게 꿈은 아니겠지? 아무튼 너무 배가 고프니, 우리 이것들을 먹어보자. 난 지붕 한 조각을 뜯어먹을 테니, 넌 창문을 뜯어먹어. 정말 달콤할 거야."

헨젤은 맛이 어떤지 보려고 손을 뻗어 지붕을 조금 뜯어냈고, 그레텔은 창가에 서서 창문을 바삭거리며 갉아 먹었습니다.

그때 방에서 가냘픈 소리가 흘러나왔습니다.

"바삭바삭, 파삭파삭! 누가 내 집을 갉아먹지?"

아이들이 대답했습니다.

"바람이야, 바람! 하늘에서 불어오는 부드러운 바람!"

아이들은 누가 하는 소리인지도 궁금해하지 않은 채 계속 먹었습니다.

지붕에 맛을 들인 헨젤은 지붕을 크게 한 조각 떼어냈고, 그레텔은 둥그런 창문을 아예 통째로 떼어내 바닥에 주저앉아 맛있게 먹었습니다.

그때 문이 벌컥 열리더니, 꼬부랑 할머니가 지팡이를 짚고 어슬렁어슬렁 나왔습니다.

헨젤과 그레텔은 너무 놀라서 손에 들고 있던 것을 땅에 떨어뜨리고 말았습니다.

할머니는 머리를 설레설레 흔들며 말했습니다.

"아유, 참 어여쁜 아이들이네. 누가 데려온 거지? 어쨌든 안으로 들어가서 나하고 같이 살자. 아무도 너희들을 해치지 않을 테니까."

할머니는 아이들의 손을 잡고 집 안으로 데리고 들어갔습니다.

방 안에는 맛있는 음식이 잔뜩 차려져 있었습니다. 우유와 설탕이 듬뿍 들어간 팬케이크, 사과와 호두도 있었습니다.

아이들이 먹을 것을 실컷 먹고 나자, 할머니는 조그만 침대 두 개에 하얀 시트를 깔아 주었습니다.

침대에 누운 헨젤과 그레텔은 마치 천국에라도 온 것 같은 기분이 들었습니다.

하지만 할머니는 아이들을 노리는 고약한 마녀였습니다. 이 마녀는 아이들이 좋아하는 빵과 과자로 집을 지어 놓고 친절한 척하면서 아이들을 꼬드겼습니다. 그러다가 아이들이 손아귀에 들어오면, 꼼짝 못 하게 해 놓았다가 죽인 다음 요리해서 먹어치우곤 했습니다. 그러면 그날이 마녀에게는 잔칫날이 되는 것이었습니다.

마녀들은 대부분 눈이 빨갛고 시력이 좋지 않았지만, 반면 냄새는 동물들처럼 기가 막히게 잘 맡아서 사람이 근처에 다가오면 금세 알아챘습니다. 그래서인지 이 마녀도 헨젤과 그레텔이 가까이 왔을 때, 음흉하게 웃으며 혼잣말로 중얼거렸습니다.

"제대로 걸려들었군. 여기에 들어오면 절대로 도망칠 수 없다고!"

다음 날, 마녀는 새벽같이 일어났습니다. 물론 아이들이 잠을 깨기 전이었습니다.

마녀는 통통하고 발그레한 뺨을 가진 아이들이 쌔근쌔근 자는 모습을 들여다보며 입맛을 다셨습니다.

"정말 맛있는 요릿감이 되겠는걸!"

마녀는 앙상한 갈퀴 손으로 헨젤을 움켜잡더니, 작은 우리로 끌고 가서 안에 가두고 철망으로 된 문을 잠가 버렸습니다.

헨젤이 비명을 질렀지만 아무 소용이 없었습니다.

마녀는 다시 돌아와 그레텔을 흔들어 깨우며 소리쳤습니다.

"냉큼 일어나, 이 게으름뱅이야. 네 오빠한테 맛있는 것을 요리해 주려고 하니, 물을 길어오너라. 네 오빠는 밖에 있는 우리 속에 갇혀 있어. 포동포동하게 살이 오르면 잡아먹을 거야. 그래야만 맛있거든."

그레텔은 슬픔을 못 이겨 울기 시작했지만 아무 소용이 없었고, 고약한 마녀가 시키는 대로 물을 길어와야만 했습니다.

그리하여 불쌍한 헨젤은 아주 맛있는 음식을 먹게 되었습니다. 하지만 그레텔은 게 껍데기밖에 얻어먹지 못했습니다.

마녀는 아침마다 작은 우리 앞에 와서 소리치곤 했습니다.

"헨젤, 손가락을 내밀어 봐. 살이 얼마나 올랐는지 만져 봐야겠다."

헨젤은 그때마다 조그마한 뼈다귀를 내밀었습니다. 눈이 침침한 마녀는 그것을 헨젤의 손가락이라 잘못 알고, 왜 살이 찌지 않는지 이상하게 여겼습니다.

어느덧 한 달이 지났는데도 헨젤은 여전히 깡마른 상태였습니다. 그러자 초조해서 어쩔 줄 몰라 하던 마녀가 더는 기다리지 않고 잡아먹겠다면서 그레텔에게 소리쳤습니다.

"그레텔, 얼른 가서 물을 길어오너라! 헨젤이 살이 쪘든 말라빠졌든 상관없다. 내일은 녀석을 잡아먹을 거니까."

그레텔은 '흑흑' 소리 죽여 울었습니다. 오빠가 잡아먹힐지도 모르는데 물을 길어와야 한다니, 얼마나 기가 막히겠습니까!

그레텔은 뺨을 타고 줄줄 흘러내리는 눈물을 닦지도 않은 채 부르짖었습니다.

"자비로운 하느님, 제발 도와주세요! 차라리 숲속에서 사나운 짐승들에게 잡아먹혔더라면, 함께 죽을 수는 있었을 거예요. 그런데……."

그 모습을 보고 있던 마녀가 빈정거렸습니다.

"징징거리지 마! 소용없는 일이니까."

이튿날 그레텔이 물을 가득 채운 솥을 걸고 불을 지피려고 아침 일찍 밖으로 나가자, 이미 나와 있던 마녀가 그레텔을 보며 말했습니다.

"빵부터 먼저 구워야겠다. 화덕 오븐도 달궈 놓았고, 밀가루도 벌써 반죽해 놨으니."

그러더니 마녀는 불꽃이 넘실거리는 화덕 오븐 쪽으로 그레텔을 떠밀면서 다시 이렇게 말했습니다.

"안에 들어가 화덕 오븐이 잘 달궈졌는지 살펴보거라. 온도가 적당하면 밀가루 반죽을 넣어야 하니까."

마녀는 그레텔이 화덕 안으로 들어가면 화덕 문을 닫을 속셈이었습니다. 그레텔을 통째로 구워 먹을 생각이었던 것이지요.

하지만 그레텔은 마녀의 속셈을 눈치채고 말했습니다.

"어떻게 해야 하는지 잘 모르겠어요. 이 안으로 어떻게 들어가는 거예요?"

그러자 마녀가 말했습니다.

"이런 멍청한 계집애 같으니라고! 구멍이 저렇게 넓잖아! 자, 봐라! 나도 들어갈 수 있을 만큼……."

마녀가 굼실굼실 걸어와 화덕 오븐 속에 머리를 쑥 들이밀었습니다. 바로 그 순간, 그레텔은 있는 힘을 다해 재빨리 마녀를 화덕 안으로 밀어 넣었습니다. 그리고 쇠문을 닫고 걸쇠를 잠가 버렸습니다.

"으, 으, 아, 아, 악!"

마녀는 비명을 내지르며 기괴한 목소리로 울부짖었습니다.

그레텔은 마녀가 울부짖는 소리를 들으며 재빠르게 달아났고, 사악한 마녀는 화덕 안에서 비참하게 타 죽고 말았습니다.

마녀에게서 벗어난 그레텔은 곧장 헨젤에게 달려가 우리 문을 열고 소리쳤습니다.

"오빠! 이젠 우리 살았어. 늙은 마녀가 죽었어!"

문이 열리자, 헨젤은 새장에 갇혔던 새처럼 우리에서 뛰쳐나왔습니다.

얼마나 기쁜지 둘은 얼싸안으며 서로의 볼에 입맞춤했습니다. 그리고는 빙글빙글 돌면서 춤을 추었습니다.

아이들은 이제 겁낼 필요가 없었기 때문에 마녀의 집으로 들어갔습니다.

집 안에는 진주와 보석이 가득 든 상자들이 사방에 널려 있었습니다.

보석들을 보면서 헨젤이 놀란 듯이 말했습니다.

"보석이 조약돌보다 훨씬 더 좋지."

헨젤은 주머니 속에 진주와 보석을 꽉꽉 채워 넣었습니다.

"나도 좀 가져갈래."

이렇게 말하며, 그레텔도 앞치마에다 진주와 보석을 잔뜩 담고서 꽁꽁 동여맸습니다.

잠시 후, 헨젤이 말했습니다.

"자, 이제 이곳을 떠나자. 마녀의 숲에서 빠져나가야 하니까."

몇 시간을 걸어, 큰 강이 흐르는 곳에 이르렀습니다.

헨젤이 말했습니다.

"강을 건널 수 없겠는데. 나무다리도 징검다리도 없잖아."

"나룻배도 안 다니네. 그런데 저기 하얀 오리가 헤엄치고 있잖아. 오리한테 부탁하면 건너게 도와줄 거야."

그레텔은 이렇게 말한 다음 오리를 향해 소리쳤습니다.

"오리야, 오리야! 난 그레텔이고, 우리 오빠 헨젤이야. 그런데 나무다리도 없고 징검다리도 없어서, 우린 강을 건널 수가 없단다. 너의 하얀 등에 우리를 좀 태워주렴."

그레텔이 외치는 소리를 들은 오리가 그들이 있는 곳으로 헤엄쳐 왔습니다.

먼저 올라탄 헨젤이 그레텔에게 자기 앞에 앉으라고 했습니다.

그러자 그레텔이 이렇게 대답했습니다.

"안 돼! 오리한테 너무 무거워. 한 번에 한 사람씩 건너 달라고 해야지."

착한 오리는 차례대로 한 사람씩 건너 주었습니다.

오리 덕분에 강을 무사히 건넌 헨젤과 그레텔은 오리에게 고맙다고 인사한 후 걷기 시작했습니다.

얼마 동안 끝도 없이 이어지는 숲을 지나 한 곳에 이르렀는데, 익숙한 풍경이 눈앞에 펼쳐졌습니다.

콩콩 뛰는 가슴을 진정하며 주변을 돌아보니, 저 멀리에서 그들이 살던 집이 손짓하고 있는 모습이 가물가물 눈에 들어왔습니다.

"우리 집이다!"

헨젤과 그레텔은 소리를 지르며 달리기 시작했습니다.

집에 도착한 헨젤과 그레텔은 안으로 뛰어 들어가 아빠의 목을 얼싸안았습니다.

아빠는 두 아이를 보자, 너무나 놀란 나머지 말도 제대로 하지 못했습니다.

나무꾼은 아이들을 숲에 버리고 돌아온 뒤, 마음 편한 날이 하루도 없었습니다. 그동안 아내도 세상을 떠나, 혼자 쓸쓸하게 지내고 있었던 겁니다.

그레텔이 앞치마를 펼치자 진주를 비롯해 여러 보석이 와르르 쏟아졌습니다.

헨젤도 주머니에서 진주와 갖가지 보석을 한 움큼씩 계속 꺼내 놓았습니다.

이제 먹을 것은 물론 돈 걱정은 하지 않아도 될 만큼 부유해졌습니다.

그래서 나무꾼과 아이들은 헤어지는 일 없이 아주 행복하게 살았답니다.

작품 해설

1) 원본 동화

① 작가와 시기

유럽 대기근 시대의 민간 설화를 바탕으로 하고 있으며, 현실적인 생존의 잔혹함이 반영된 이야기다.

그림 형제가 1812년 《어린이와 가정동화》 초판에 수록했다.

② 요약 줄거리

가난한 나무꾼이 헨젤과 그레텔 남매, 그리고 재혼한 아내와 살고 있던 중 온 나라에 심한 기근이 들어 굶어 죽을 지경이 되었고, 나무꾼은 아내의 성화를 이기지 못해 남매를 깊은 숲속에 버린다.

헨젤은 흰 조약돌로 길을 표시해 첫날에는 집으로 돌아올 수 있었지만, 다음엔 빵조각을 흘렸고 새들이 그것을 쪼아먹어 길을 잃고 만다. 숲을 헤매던 남매는 빵과 과자, 사탕으로 지어진 오두막집을 발견하고 뜯어먹다가 마녀에게 붙잡힌다.

마녀는 헨젤을 가둔 뒤 살찌워 잡아먹으려 하고, 그레텔에게는 부엌일을 시킨다. 마녀가 헨젤과 그레텔을 잡아먹기로 한 날, 그레텔은 마녀를 화덕 오븐 안으로 밀어 넣어 불태워 죽인다.

이후 남매는 마녀의 진주와 갖가지 보석을 가지고 집으로 돌아와 아빠와 행복하게 살아간다.

2) 대중판 동화

① 작가와 시기

그림 형제의 책이 나온 다음 여러 아동용 동화집과 애니메이션에서 순화되어 널리 전파되었다.

가장 대표적인 것은 20세기 이후 유럽과 미국의 아동용 버전이며, 1950년대 이후에는 디즈니 풍의 유머러스한 해석이 많이 발견된다.

② 요약 줄거리

남매가 지혜와 용기로 마녀를 물리치고, 가족이 다시 모이는 따뜻한 이야기로 바뀌었다.

마녀는 공포의 대상이 아닌 우스꽝스럽고 어리석은 존재로 표현되기도 한다.

3) 원본과 대중판의 차이점

원본에서는 생존의 절박함과 부모의 죄책감, 살해 장면이 사실적으로 묘사되지만, 대중판은 따뜻한 모험담으로 변한다.

'친모가 아이를 버린다.'는 설정이 '계모'로 바뀐 것도 가족의 이미지를 보호하기 위해 수정된 설정이다.

4) 참고 사항

《헨젤과 그레텔》은 독일식 생존 설화의 전형으로, 실제로 14~15세기 유럽에서 발생한 기근으로 인해 유기된 아이들의 이야기를 바탕으로 만들어졌다는 설이 있다.

또한 마녀의 '과자집'은 당시 빈곤층이 꿈꾸던 '풍요와 유혹'을 상징한다.

빨간 모자

Rotkäppchen

옛날에 작고 귀여운 한 소녀가 있었습니다. 그 아이를 보는 사람마다 눈길을 주지 않은 이가 없을 정도로 사랑스러웠습니다. 특히 할머니의 사랑은 너무나 각별해서, 무엇이든 다 주고 싶어 했답니다.

어느 날 할머니는 아이에게 빨간색의 앙증맞은 모자를 만들어 주었습니다. 소녀도 맘에 드는지 모자를 자주 쓰고 다녔고, 사람들은 깜찍한 모습의 그 아이를 볼 때마다 '빨간 모자'라고 불렀습니다. 그러다 보니 어느새 그것이 별명이 되어버렸습니다.

어느 날 빨간 모자의 엄마가 말했습니다.

"얘야, 이 케이크와 포도주를 할머니께 갖다 드리고 와야겠다. 몸이 약해지셨는데, 이것들을 드시면 건강해지실 거야. 그러니 빨리 갖다 드리려면, 가는 길에 한눈팔지 말고 곧바로 가야겠지? 그리고 장난치다가 넘어지면 포도주병이 깨질 수도 있으니 얌전하게 걸어야 하고. 할머니 집에 도착하면 공연히 여기저기 기웃거리지 말고, 먼저 '안녕하세요.'라고 인사하는 것, 알지?"

"알았어요, 엄마. 그렇게 할게요."

빨간 모자는 이렇게 대답한 다음 할머니 댁으로 향했습니다.

할머니의 집은 숲속에 있었는데, 마을에서 30분 정도 걸어 들어가야 했습니다.

빨간 모자가 숲속에 들어간 지 얼마 되지 않았을 때 늑대가 나타났습니다. 빨간 모자는 늑대가 사람을 잡아먹는 무서운 짐승인지 알지 못했습니다.

어슬렁거리며 다가온 늑대가 상냥한 체하며 말을 걸었습니다.

"안녕, 빨간 모자 아가씨?"

"늑대 아저씨, 저한테 친절하게 인사해 주셔서 고마워요."

"그런데 이렇게 일찍 어디를 가는 거니?"

"할머니 댁에요."

"그렇구나. 그런데 그 앞치마에 싼 건 뭐니?"

"케이크하고 포도주예요. 엄마가 어제 케이크를 만들었는데, 할머니께 갖다 드리려고요. 할머니께서 기운이 없으시거든요."

"할머닌 어디 사시는데?"

"이 숲을 지나면 큰 떡갈나무 세 그루가 있어요. 그중에서 가장 커다란 나무 옆에 있어요. 밤나무 울타리 안의 첫 번째 집이에요."

빨간 모자가 재잘거리는 동안, 늑대는 속으로 생각했습니다.

'오늘은 운이 아주 좋은걸. 할멈하고 이 어린 것을 둘 다 잡아먹을 수 있을 테니. 더구나 이 어린 것은 매우 보슬거려서 꿀맛일 거야. 그런데 그러려면 교묘한 꾀를 써야 할 것 같은데…….'

늑대는 얼마간을 한눈팔지 않고 앞만 보고 걷는 빨간 모자와 나란히 가다가 다시 말을 걸었습니다.

"얘야, 저기 좀 봐, 예쁜 꽃들이 여기저기 많이 피었잖니. 그런데 넌 전혀 주변을 둘러보지 않는구나. 새들이 저렇게 아름답게 노래하는데도 전혀 신경 쓰지 않고 말이야. 그렇게 앞만 보고 걸어가면, 숲속을 걷는다는 게 얼마나 즐거운 일인지 알 수 없단다."

빨간 모자는 그제야 주위를 돌아보고는 여기저기에 예쁜 꽃들이 많이 피어 있고, 나무들 사이로 햇살이 영롱하게 비추고 있다는 것을 알았습니다.

예쁜 꽃들을 보며 빨간 모자는 생각했습니다.

'예쁜 꽃들을 한 다발 꺾어 할머니께 갖다 드리면 무척 좋아하시지 않을까. 아직은 이른 시간이니까, 시간이 좀 지체되어도 할머니가 식사하실 시간에 도착할 수 있을 거야.'

빨간 모자는 길에서 약간 벗어난 곳으로 들어가 꽃을 꺾기 시작했습니다. 한 송이를 꺾고 나면 더 예쁜 꽃이 또 보여서, 조금씩 더 안쪽으로 걸음을 옮겼습니다. 그러다 보니 자기도 모르게 깊은 숲속으로 들어가게 되었습니다.

빨간 모자가 그렇게 숲속 깊이 들어가고 있는 동안, 늑대는 지름길로 달려가 할머니의 집에 먼저 도착했습니다.

"똑똑."

늑대가 문을 두드렸습니다.

"거기 누구요?"

"빨간 모자예요, 할머니. 엄마가 케이크와 포도주를 보내서 가져왔어요. 문 좀 열어주세요."

"고리쇠를 잡아당기면 된다. 난 기운이 없어 일어날 수가 없어."

늑대가 고리쇠를 당기자 문이 활짝 열렸습니다.

방으로 들어간 늑대는 한마디 말도 하지 않은 채 곧장 할머니에게 달려들어 한입에 꿀꺽 삼켜 버렸습니다.

그런 다음 할머니의 옷을 꺼내 입고, 할머니가 잠잘 때 쓰는 모자를 머리에 눌러 쓴 다음 침대에 누웠습니다. 그리고는 커튼을 잡아내려 방 안을 어둡게 만들었습니다.

그동안 빨간 모자는 예쁜 꽃을 꺾으려고 점점 깊은 숲속으로 들어갔습니다. 한참을 그렇게 헤매다가 가슴에 안을 수 없을 정도로 많은 꽃을 꺾고 나서야 할머니 생각이 났습니다.

시간이 제법 흐른 것 같아, 마음이 급해진 빨간 모자는 할머니 집을 향해 걸음을 재촉했습니다.

빨간 모자는 숨을 헐떡이며 할머니 집 앞에 도착했습니다. 그런데 평소와 달리 문이 활짝 열려 있어, 빨간 모자는 이상하다는 생각을 하며 큰 소리로 할머니를 불렀습니다.

"안녕하세요, 할머니!"

빨간 모자가 방으로 들어섰는데도 할머니(할머니로 변장한 늑대)는 아무 대답 없이 침대에 누워 있었습니다. 게다가 방 안이 어두워서 할머니의 모습이 잘 보이지 않았습니다.

"할머니, 어디 편찮으세요?"

빨간 모자는 침대 쪽으로 다가가서 커튼을 올렸습니다.

침대에는 할머니가 누워 있긴 했지만, 잠잘 때 쓰는 모자를 얼굴 있는 데까지 푹 내려쓰고 있어서 무척 괴상해 보였습니다.

빨간 모자는 조심스럽게 할머니 손을 만지다가 깜짝 놀라서 소리치듯 물었습니다.

"할머니, 손이 왜 이렇게 커요?"

"손이 커야 널 잘 잡을 수 있지."

"아, 네……. 그런데 할머니, 귀는 왜 이렇게 커요?"

"귀가 커야 네 말을 더 잘 들을 수 있지."

"네……. 눈은 왜 이렇게 커요?"

"눈이 커야 너를 더 잘 볼 수 있지."

"네……. 그런데 입은 왜 이렇게 커요?"

"입이 커야 너를 더 잘 잡아먹을 수 있지!"

늑대는 이 말을 마치자마자 침대에서 벌떡 일어났습니다. 그러더니 빨간 모자에게 달려들어, 한입에 꿀꺽 집어삼켜 버렸습니다.

작품 해설

1) 원본 동화

① 작가와 시기

《빨간 모자》의 원형은 프랑스 민간 설화로, 17세기 말 프랑스의 작가 샤를 페로(Charles Perrault)가 이를 문학적으로 정리하여 1697년 《옛날이야기 혹은 교훈이 담긴 이야기(Contes de ma mère l'Oye)》에 처음 수록하였다.

② 요약 줄거리

빨간 모자는 엄마의 심부름으로 외할머니에게 케이크와 포도주를 전해주러 숲을 지나가던 중 늑대를 만난다. 늑대는 빨간 모자의 이야기를 통해 할머니 집 위치를 알아내고 지름길로 달려가 할머니를 잡아먹은 뒤, 할머니 옷을 입고 침대에 누워 빨간 모자를 기다린다.

빨간 모자가 도착해 할머니로 변장한 늑대에게 속아 대화를 나누다 결국 늑대에게 통째로 잡아먹히고 만다.

페로의 버전에는 사냥꾼의 등장이나 구출 장면이 없다. 즉 어린 독자에게 '낯선 사람과 말하지 마라.'는 경고를 직접 전하기 위한 완전히 '교훈적인 비극'이다.

2) 대중판 동화

① 작가와 시기

그림 형제(Jacob und Wilhelm Grimm)가 1812년 《그림 동화집(Grimms' Kinder- und Hausmärchen)》 제1권에 페로의 이야기를 바탕으로 새로운 결말을 추가한 버전을 실었다.

이 판이 오늘날 일반적으로 알려진 '대중판 《빨간 모자》'의 원형이 되었다.

② 요약 줄거리

줄거리의 초반부는 페로판과 거의 동일하다.

빨간 모자는 숲에서 늑대를 만나 목적지를 알려주고, 늑대는 먼저 할머니를 잡아먹은 후 그 옷을 입고 빨간 모자를 속인다.

하지만 이후 결말이 달라진다.

늑대가 빨간 모자를 잡아먹은 뒤, 근처를 지나가던 사냥꾼이 이상한 소리를 듣고 들어와 늑대의 배를 가른다. 늑대의 배

속에 있던 빨간 모자와 할머니는 살아나고, 사냥꾼이 늑대의 배에 돌을 채워 다시 꿰매자 늑대는 그 무게를 견디지 못하고 죽음을 맞는다.

빨간 모자는 '다시는 낯선 이와 말하지 않겠다.'고 다짐하며, 이야기는 교훈적인 해피엔딩으로 끝난다.

3) 원본과 대중판의 차이점

샤를 페로의 《빨간 모자》는 본래 어린이를 위한 동화라기보다, 도덕적 경고와 풍자를 담은 교훈담이었다.

이 버전에서 빨간 모자는 순진하고 순종적인 어린 소녀로 그려지며, 늑대는 단순한 포식자가 아니라 유혹하는 낯선 남성의 상징으로 표현된다. 이야기의 결말은 구원 없이 끝나며, 빨간 모자와 할머니는 모두 늑대에게 잡아먹히고 만다.

페로는 독자에게 명시적으로 '낯선 사람과 대화하는 어린 소녀는 이렇게 위험에 처하게 된다.'는 교훈적 결론을 덧붙인다.

이에 반해 그림 형제의 대중판은 이야기의 구조는 유지하되, 결말과 인물의 성격이 도덕적이고 긍정적인 방향으로 재구성되었다. 그림 형제는 빨간 모자와 할머니를 죽음에서 구원하는 사냥꾼의 등장을 새로 추가하여, 악이 응징되고 선이 구원받는 명확한 도덕 질서를 세웠다.

늑대는 전형적인 '악역'으로 단순화되고, 빨간 모자는 어리석은 피해자가 아니라 사건을 통해 교훈을 얻고 성장하는 인물로 변모한다.

4) 참고 사항

원본의 《빨간 모자》는 사회적 경고와 성적(性的) 상징('늑대'는 유혹하는 남성, '빨간 모자'는 순결을 상징)의 이야기이고, 대중판의 《빨간 모자》는 교훈과 구원의 아동 동화로 변화했다고 할 수 있다.

페로의 원본 끝에는 '소녀들은 낯선 남자를 경계해야 한다.'는 교훈이 명시되어 있다.

신데렐라

Aschenputtel

오래전, 어느 마을에 한 부자가 현명한 아내와 어리고 어여쁜 딸 신데렐라와 함께 행복하게 살고 있었습니다.

그런데 어느 날부터 아내가 시름시름 앓기 시작하여, 부자는 걱정이 이만저만 아니었습니다.

몇 개월을 앓던 아내가 자신의 죽음이 가까워진 것을 느꼈는지, 하루는 신데렐라를 침대맡으로 불러 말했습니다.

"얘야, 어떤 일이 닥치든 믿음을 가지고 착하게 살아야 한다. 그러면 사랑하는 하느님께서 늘 너를 도와주실 거야. 엄마는 하늘나라에서 내려다보며 너를 지켜줄게."

그러고서 어머니는 눈을 감고 숨을 거두었습니다.

어머니를 잃은 신데렐라는 날마다 어머니의 무덤을 찾아가 슬피 울었습니다. 하지만 어머니의 마지막 당부를 기억하고, 하느님을 믿으며 착하게 살려고 애썼습니다.

그런 가운데 시간이 흘러 어느덧 겨울이 되었고, 눈이 솜이불처럼 무덤을 하얗게 덮었습니다. 그리고 봄 햇살이 눈을 걷어갈 즈음, 그 부자는 새 아내를 맞아들였습니다.

새엄마는 딸 둘을 데리고 들어왔습니다. 두 딸은 얼굴이 하얗고 예뻤지만, 마음이 시커멓고 심술이 많았습니다.

외동으로 자란 신데렐라는 자매가 생겼다고 좋아했으나, 그의 생각과는 달리 힘든 나날이 시작되었습니다.

"저 멍청한 계집애가 왜 우리랑 같이 밥을 먹어? 밥을 먹으려면 밥값을 해야 하는 것 아냐? 당장 나가, 이 부엌데기야!"

새엄마의 딸들은 첫날부터 신데렐라를 무시하더니, 예쁜 옷과 예쁜 구두를 빼앗은 다음 낡은 잿빛 작업복과 나무 신발을 던져 주었습니다.

"저 고상한 공주님 꼴 좀 봐! 아주 잘 어울리네. 진작 그렇게 입었어야지."

두 딸은 낡은 작업복을 입은 신데렐라를 보면서 낄낄거렸습니다. 그리고 신데렐라를 부엌으로 밀어 넣었습니다.

신데렐라는 온종일 힘들게 일만 해야 했습니다. 날이 밝기도 전에 일어나서 물을 길어오고, 불을 지피고, 음식을 만들고, 빨래와 청소를 하다 보면 하루해가 저물었습니다. 반면 두 딸은 빈둥빈둥 놀면서, 온갖 방법을 다 동원하여 신데렐라를 괴롭히고 구박했습니다. 심지어는 완두콩과 까만 콩을 일부러 잔뜩 쏟아 놓고는 신데렐라더러 알알이 주워 담으라고도 했습니다.

신데렐라가 지치도록 일을 한 후 잠자리에 들려 했을 때는 그녀를 침대에서 쫓아내며 아궁이 옆의 잿더미에서 자라고 윽박질렀습니다. 그래서 신데렐라는 늘 더러운 재를 잔뜩 묻히고 다닐 수밖에 없었고, 사람들은 그런 모습의 신데렐라를 '아셴푸텔('재투성이 아이'라는 뜻)'이라고 불렀습니다.

어느 날, 아버지가 장에 간다고 나서면서 '뭘 사다 줄까?' 하고 딸들에게 물었습니다.

큰딸이 재빠르게 말했습니다.

"예쁜 옷이요."

둘째 딸도 말했습니다.

"진주 목걸이랑 보석 박힌 귀걸이요."

그러자 그때까지 아무 말도 하지 않은 신데렐라를 보며 아버지가 물었습니다.

"신데렐라야, 너는 뭘 갖고 싶니?"

"집에 돌아오실 때 맨 먼저 아버지의 모자에 닿는 잔 나뭇가지를 꺾어다 주세요."

장에 간 아버지는 의붓딸들에게 줄 예쁜 옷과 진주 목걸이,

보석 박힌 귀걸이를 샀습니다.

그리고 말을 타고 집으로 돌아오는 길에 숲을 지나는데, 개암나무 가지에 걸려 모자가 벗겨졌습니다. 바닥에 떨어진 모자를 집어 든 아버지는 신데렐라가 했던 부탁이 떠올라 개암나무 가지를 꺾어 챙겼습니다.

집으로 돌아온 아버지는 두 의붓딸에게는 그들이 원했던 예쁜 옷과 진주 목걸이, 보석 박힌 귀걸이를 주었고, 신데렐라에게는 개암나무 가지를 건넸습니다.

신데렐라는 '고맙습니다.' 하고 받아든 다음 어머니의 무덤으로 갔습니다. 그리고는 가지고 간 개암나무 가지를 무덤가에 심어놓고서 하염없이 울었습니다. 얼마나 울었던지, 신데렐라가 흘린 눈물이 나뭇가지를 흠뻑 적셨습니다. 그 나뭇가지는 쑥쑥 자라서 어느덧 아름다운 나무가 되었습니다.

신데렐라는 틈만 나면 나무 밑에 가서 눈물을 흘리며 기도했습니다. 그런데 그때마다 하얀색 깃털을 가진 작은 새 한 마리가 나무 위로 날아왔습니다. 신기한 것은 이뿐 아니었습니다. 신데렐라가 기도하면서 소원을 말하면, 그 새가 원하는 것을 가져다 주곤 했습니다.

그러던 어느 날, 그 나라 왕이 큰 잔치를 열었습니다. 왕자의 신부를 찾기 위한 잔치였지요. 사흘 동안 열리는 잔치에 온 나라의 아름다운 처녀들이 초대되었습니다.

신데렐라의 두 의붓언니는 자신들도 그 잔치에 초대되었다면서 기쁨에 들떠 소리쳤습니다.

"아셴푸텔, 우리는 성안에서 열리는 무도회에 가야 해. 그러니 어서 머리를 빗겨 줘! 구두도 닦아 주고, 허리띠도 꽉 조여 줘."

신데렐라는 언니들이 시키는 대로 했습니다. 하지만 마음이 무척 슬펐습니다. 신데렐라도 언니들과 함께 무도회에 가고 싶었던 겁니다.

신데렐라는 한참을 망설이다가 자기도 언니들과 함께 무도회에 갈 수 있게 해달라고 새엄마에게 말했습니다. 그러자 새엄마가 어이가 없다는 듯 말했습니다.

"어딜 간다고? 재투성이의 그 더러운 몰골로 무도회에 가겠다고? 넌 옷도 없고 구두도 없는데, 춤은 어떻게 추지?"

그래도 신데렐라가 계속 애원하자, 이렇게 말했습니다.

"내가 잿더미 속에 까만 콩 한 말을 쏟아 놓았는데, 두 시간 안에 좋은 콩들을 골라서 단지에 담으면 같이 가도 좋다."

새엄마의 말에, 신데렐라는 신이 난 듯 말했습니다.

"네, 알겠어요! 콩들을 다 골라 담은 다음 갈게요."

신데렐라는 뒷문을 열고 마당으로 나가더니 허공을 향해

소리쳤습니다.

"착한 비둘기들아, 산비둘기들아!
하늘 아래 있는 모든 새들아!
이리 와서 날 좀 도와주렴.
잿더미 속에서 좋은 콩알만 골라
단지에 담아야 하는데,
시간이 급해.
나 좀 도와줘."

그러자 하얀 비둘기 두 마리가 부엌 창문으로 날아들었습니다. 이어서 산비둘기들도 포르르 날아왔습니다.

마침내 하늘 아래 갖가지 새들이 떼 지어 날아와서 잿더미 주위에 내려앉았습니다.

비둘기들이 머리를 까닥이며 코콕, 코콕, 코콕 쪼기 시작하자, 다른 새들도 경쟁하듯 코콕, 코콕, 코콕 쪼아서 좋은 콩알을 골라 단지 속에 담았습니다.

한 시간도 채 못 되어 새들은 좋은 콩알들을 골라 단지에 담아놓고 날아가 버렸습니다.

이제 무도회에 갈 수 있다고 생각한 신데렐라는 들뜬 마음으로 콩이 담긴 단지를 들고 새엄마에게 갔습니다.

하지만 새엄마는 차가운 목소리로 말했습니다.

"안 돼! 아셴푸텔, 넌 옷도 없고 춤도 못 추잖아. 그리고 구두도 없으니, 사람들에게 웃음거리밖에 되지 않을 거야."

그 말에 신데렐라가 계속 울자 새엄마가 다시 말했습니다.

"한 시간 안에 저 잿더미 속에서 콩 두 말을 골라내면 널 데려가마."

새엄마는 신데렐라가 절대 못 할 거로 생각했던 겁니다.

새엄마가 콩 두 말을 잿더미 속에 쏟아 놓고 가자, 신데렐라는 뒷문을 열고 마당으로 나가 또다시 소리쳤습니다.

"착한 비둘기들아, 산비둘기들아!
하늘 아래 있는 모든 새들아!
이리 와서 날 좀 도와주렴.
잿더미 속에서 좋은 콩알만 골라
단지에 담아야 하는데,
아까보다 시간이 더 급해.
제발 나 좀 도와줘."

그러자 하얀 비둘기 두 마리가 부엌 창문으로 날아들었습니다. 잇따라 산비둘기들도 포르르 날아왔습니다.

마침내 하늘 아래 갖가지 새들이 떼 지어 날아와 잿더미 주위에 내려앉았습니다.

비둘기들이 머리를 까닥이며 콕, 콕, 콕, 콕 쪼기 시작하자, 다른 새들도 콕, 콕, 콕, 콕 쪼아내 좋은 콩알들을 단지에 담았습니다.

삼십 분도 채 되지 않아 새들은 좋은 콩알들을 모두 골라놓고 날아가 버렸습니다.

신데렐라는 콩이 담긴 단지를 들고 새엄마에게 달려갔습니다. 이제 무도회에 갈 수 있다고 생각하니 가슴이 두근거릴 정도로 몹시 기뻤습니다.

하지만 새엄마는 이번에도 차가운 목소리로 말했습니다.

"그래도 소용없어! 옷도 없고, 춤도 못 추잖아. 너 때문에 우리가 망신을 당할 수도 있으니, 넌 그냥 집에 있어."

새엄마는 홱 돌아서더니, 거만한 두 딸만 데리고서 아버지와 함께 집을 나섰습니다.

집에 혼자 남은 신데렐라는 개암나무가 있는 어머니의 무덤가로 달려가 울면서 소리쳤습니다.

"나무야, 나무야!
온몸을 살랑살랑 흔들어서
금과 은을 나한테 떨구어 주렴."

그러자 이번에도 하얀 깃털을 가진 작은 새가 날아오더니 금실과 은실로 지은 옷이랑 비단실과 은실로 수놓은 구두를 떨구어 주었습니다.

신데렐라는 서둘러서 옷을 갈아입고 성안으로 들어갔습니다.

금실과 은실로 지은 옷을 입은 신데렐라는 눈부시게 아름다웠습니다.

새엄마와 새엄마의 딸들은 신데렐라를 전혀 알아보지 못하고 다른 나라에서 온 공주일 거라고 생각했습니다. 그녀가 아셴푸텔이라고는 꿈에도 생각하지 못했던 거죠.

그때 왕자가 다가오더니 신데렐라에게 손을 내밀며 춤을 청했습니다. 왕자는 다른 아가씨들과는 춤을 추고 싶지 않았습니다. 그리하여 다른 젊은이들이 신데렐라에게 다가와서 춤을 청하면, 왕자가 나서서 말했습니다.

"이분은 나하고 춤을 추고 있지 않소?"

신데렐라가 왕자와 춤을 추다 보니 어느덧 밤이 되었습니다.

신데렐라가 이제 집으로 돌아가야 한다고 하자, 왕자가 말했습니다.

"당신을 집까지 바래다주겠소."

왕자는 아름다운 아가씨가 누구네 집 딸인지 알고 싶었던 것입니다.

하지만 집 앞까지 온 신데렐라는 슬쩍 빠져나와 비둘기장

속으로 재빨리 뛰어 들어갔습니다.

왕자는 집주인이 올 때까지 기다렸습니다. 얼마 후 아버지와 두 의붓딸과 새엄마가 집으로 돌아오자, 누군지 모르는 아가씨가 비둘기장 속으로 뛰어 들어갔다고 왕자가 말했습니다.

아버지는 '신데렐라인가?' 하는 생각이 잠깐 들었지만, 왕자에게 도끼와 곡괭이를 가져다주고는 그것으로 비둘기장을 부수어 보라고 했습니다.

왕자가 도끼로 쳐서 비둘기장을 두 동강으로 부쉈지만, 그 안에는 아무도 없었습니다.

아버지와 두 의붓딸과 새엄마가 집 안으로 들어가 보니, 신데렐라는 굴뚝에 걸린 기름 등잔의 희미한 빛 아래에서 더러운 옷을 입은 채 잿더미 위에 누워 있었습니다.

(신데렐라는 비둘기장 뒤쪽으로 재빠르게 빠져나와 개암나무가 있는 무덤가로 달려갔고, 그곳에서 아름다운 옷과 구두를 벗어 무덤 위에 놓았습니다. 그랬더니 작은 새가 날아와 옷을 다시 물어 갔습니다. 그러자 신데렐라는 얼른 잿빛 작업복으로 갈아입은 다음 부엌으로 달려와 잿더미 위에 누워 있었던 것입니다.)

다음 날, 잔치가 다시 시작되자 새엄마는 자신의 두 딸만 데리고 아버지와 함께 일찍 집을 나섰습니다.

신데렐라는 또다시 어머니의 무덤가로 달려가 개암나무 아래에서 울먹였습니다.

"나무야, 나무야!
온몸을 살랑살랑 흔들어서
금과 은을 나한테 떨구어 주렴."

그러자 또다시 나타난 새가 어제보다 훨씬 더 화려하고 우아한 옷을 떨구어 주었습니다. 신데렐라는 그 옷으로 갈아입은 다음 성안으로 달려갔습니다.

신데렐라가 화려하면서도 우아한 옷을 입고 다시 무도회장에 모습을 드러내자, 무도회에 참석한 모든 사람이 그녀의 아름다운 모습에 감탄을 금치 못했습니다.

신데렐라가 오기를 기다리고 있던 왕자는 그녀가 나타나자 대뜸 손을 잡고서 춤을 추기 시작했습니다. 왕자는 그녀하고만 춤을 출 뿐, 다른 아가씨들은 거들떠보지도 않았습니다.

다른 젊은이들이 신데렐라에게 다가와서 춤을 청하면 왕자가 가로막으며 대답했습니다.

"이분은 나하고만 춤을 춘다오."

신데렐라와 왕자는 춤을 추면서 서로에게 열중하다 보니 시간 가는 줄을 몰랐습니다.

어느덧 집으로 돌아가야 할 때가 되자, 신데렐라는 다시 무도회장에서 살며시 빠져나왔습니다. 그러자 왕자는 그녀가 어느 집으로 들어가는지 보려고 뒤를 따라갔습니다. 하지만 신데렐라는 이번에도 왕자의 눈을 피해 집 뒤쪽 정원으로 재빨리 들어가 버렸습니다.

정원에는 배들이 탐스럽게 열린 아름답고 커다란 배나무가 하나 있었습니다. 신데렐라는 다람쥐처럼 재빠르게 배나무로 올라가 나뭇가지 사이에 숨었습니다.

왕자는 그녀가 어디로 사라졌는지 알 수가 없었습니다. 할 수 없이 왕자는 집주인이 올 때까지 기다렸습니다.

이윽고 집주인인 아버지가 새엄마와 두 의붓딸과 함께 돌아오자, 왕자가 말했습니다.

"누군지 모르는 아가씨가 눈앞에서 사라졌소. 내 생각에는 배나무로 올라간 것 같소."

아버지는 '신데렐라인가?' 하고 생각했지만 내색하지 않고서, 또다시 도끼를 가져다주며 배나무를 찍어 넘어뜨려 보라고 했습니다. 하지만 땅바닥으로 쓰러진 나무 위에는 아무도 없었습니다.

집 안으로 들어간 아버지는 혹시나 하고 부엌으로 들어가 보았습니다. 그리고 평소처럼 잿더미 위에 누워 있는 신데렐라를 발견했습니다.

(신데렐라는 나무 뒤쪽으로 뛰어내려 개암나무에 앉아 있는 새에게 화려하고 우아한 옷을 벗어 준 다음, 잿빛 작업복으로 갈아입고서 재빨리 돌아와 누워 있었던 것입니다.)

사흘째 되는 날, 아버지와 새엄마와 두 의붓딸이 또다시 집을 나섰습니다.

그러자 신데렐라는 또다시 어머니 무덤가로 달려가 개암나무 아래에서 울먹였습니다.

"나무야, 나무야!
온몸을 살랑살랑 흔들어서
금과 은을 나한테 떨구어 주렴."

그러자 또다시 나타난 작은 새가 여태까지 그녀가 받아 입었던 옷보다 더 화려하고 눈부신 옷과 순금으로 된 황금 구두를 신데렐라에게 떨구어 주었습니다.

신데렐라가 화려하고 눈부신 옷에다 황금 구두를 신고 무도회장에 들어서자, 그곳에 모여 있던 사람들은 할 말을 잃고 멍한 표정으로 바라보기만 했습니다.

왕자는 이번에도 그녀하고만 춤을 췄습니다. 다른 젊은이들이 다가와서 신데렐라에게 춤을 청하려 하면, 왕자는 또다시 이렇게 말했습니다.

"이분은 오직 나하고만 춤을 춘다오."

어느덧 또 밤이 되었습니다. 신데렐라가 그만 집으로 가야 한다고 하자, 왕자는 바래다주겠다고 나섰습니다. 그러나 신데렐라가 어찌나 재빠르게 달아나는지, 왕자는 또다시 그녀를 놓치고 말았습니다.

하지만 왕자는 이번에는 꾀를 써서 대책을 세워두고 있었습니다. 궁궐에서 밖으로 내려가는 계단에 송진을 발라놓으라고 한 겁니다.

그래서 신데렐라가 계단을 달려 내려갈 때 그녀의 한쪽 구두가 거기 달라붙고 말았습니다.

그 구두를 집어 든 왕자는 그것이 자그맣고 우아한 황금 구두인 것을 알았습니다.

다음 날 아침, 왕자는 신데렐라의 아버지에게 구두를 갖고 가서 말했습니다.

"이 황금 구두가 발에 꼭 맞는 아가씨만이 내 아내가 될 수 있소."

왕자의 말을 듣고, 두 의붓딸은 무척 기뻐했습니다. 둘 다 발이 예뻤기 때문입니다.

먼저 큰딸이 구두를 방으로 갖고 들어가 신어 보았습니다. 하지만 구두가 너무 작아, 엄지발가락을 그 안으로 집어넣을 수가 없었습니다.

그러자 옆에 서 있던 새엄마가 칼을 건네주며 말했습니다.

"네 엄지발가락을 잘라 버려! 왕비가 되면 네 발로 걸을 일도 없을 테니까 말이야."

큰딸은 자신의 엄지발가락을 자르고 나서 억지로 발을 밀어 넣었습니다. 비명이 절로 나올 만큼 아팠지만, 죽을힘을 다해 참으며 밖에 있는 왕자에게 갔습니다.

큰딸을 신붓감으로 생각한 왕자는 그녀를 말에 태우고서 길을 떠났습니다.

그런데 그들이 신데렐라 어머니 무덤 옆을 지나갈 때, 비둘기 두 마리가 개암나무에 앉아 구, 구, 구 울어댔습니다.

"구, 구, 구, 신발 좀 보세요!
구, 구, 구, 신발이 온통 피투성이에요.
그 아가씨의 발에 신발이 맞지 않기 때문이에요.
신발의 주인은 따로 있어요."

왕자는 신붓감의 발을 내려다보고, 황금 구두에서 피가 줄줄 새어 나와 하얀 양말이 빨갛게 물들었다는 것을 알았습니다.

왕자는 말머리를 돌려 가짜 신부의 집으로 다시 갔습니다. 왕자는 진짜 신부가 아니라며 다른 딸에게 신발을 신겨 보라고 했습니다.

그러자 둘째 딸이 구두를 방으로 갖고 들어가 신어 보았습니다. 다행히 발가락은 쏙 들어갔지만, 발뒤꿈치가 너무 컸습니다. 그러자 새엄마는 이번에도 둘째 딸에게 칼을 건네며 말했습니다.

"발뒤꿈치를 좀 잘라 버려! 왕비가 되면 네 발로 걸을 일도 없을 테니까 말이야."

둘째 딸은 발뒤꿈치를 조금 자르고 나서 억지로 발을 밀어 넣었습니다. 너무나 아팠지만, 이를 악물고 참으며 밖에 있는 왕자에게 갔습니다.

왕자는 둘째 딸을 신붓감으로 생각하고, 그녀를 말에 태우고서 길을 떠났습니다.

그런데 그들이 신데렐라 어머니 무덤 옆을 지나갈 때, 비둘기 두 마리가 개암나무에 앉아 구, 구, 구 울어댔습니다.

"구, 구, 구, 신발 좀 보세요!
구, 구, 구, 신발이 온통 피투성이에요.
그 아가씨의 발에 신발이 맞지 않기 때문이에요.
신발의 주인은 따로 있어요."

왕자가 신붓감의 발을 내려다봤더니, 황금 구두에서 피가 줄줄 흘러나와 하얀 양말이 빨갛게 물들어 있었습니다.

왕자는 말머리를 돌려 가짜 신부의 집으로 다시 가서 말했습니다.

"이 아가씨도 진짜 신부가 아니오. 또 다른 딸이 있나요?"

그러자 아버지가 대답했습니다.

"없습니다. 신데렐라라고, 죽은 아내가 낳은 아이가 있긴 하지요. 하지만 작고 너무나 보잘것없이 생겨서, 절대로 왕자님의 신붓감이 될 만한 아이가 아닙니다."

하지만 왕자는 그 아이를 데려오라고 했습니다.

그러자 새엄마가 나서서 말했습니다.

"아유, 안 됩니다. 그 아이는 보기에도 끔찍할 정도로 너무나 더러운걸요."

하지만 왕자가 꼭 봐야겠다고 강경하게 말하자, 그들은 할 수 없이 신데렐라를 데려왔습니다.

신데렐라는 먼저 손과 얼굴을 깨끗이 씻고 나서 왕자 앞으로 나아가 무릎을 굽혀 살짝 고개를 숙였습니다.

그러자 왕자가 황금 구두를 건네주었고, 그녀는 등받이 없는 의자에 앉아 무거운 나무 신발을 벗은 다음 황금 구두에 발을 밀어 넣었습니다. 그 구두는 그녀의 발에 꼭 맞았습니다.

구두를 신은 신데렐라가 의자에서 일어서자, 왕자는 그녀의 얼굴을 자세히 들여다보았습니다. 왕자는 그녀가 함께 춤을 췄던 그 아름다운 아가씨임을 알아보고 탄성을 질렀습니다.

"이 사람이 바로 내가 찾던 바로 그 신붓감이오!"

왕자의 말을 듣고 깜짝 놀란 새엄마와 두 의붓딸은 제자리에 얼어붙었고, 얼굴이 새하얗게 질렸습니다.

그러나 왕자는 신데렐라를 말에 태우고 길을 떠났습니다.

그리고 그들이 신데렐라 어머니 무덤 옆을 지나갈 때, 개암나무에 앉아 있던 비둘기 두 마리가 이번에도 구, 구, 구 울어댔습니다.

"구, 구, 구, 신발 좀 보세요!
신발이 작지 않고, 꼭 맞지요.
구, 구, 구, 피도 전혀 나오지 않잖아요.
바로 왕자님이 무도회에서 만났던 그분이니까요."

비둘기들은 노래를 부른 뒤 포르르 날아오더니, 신데렐라의 양어깨 위에 한 마리씩 내려앉았습니다.

그리고 왕자와 신데렐라의 결혼식 날이 되자, 고약한 두 언니가 찾아왔습니다. 그리고는 신데렐라가 얻은 행운을 좀 나누어 가질 수 있을까 하는 마음으로, 입에 발린 말로 갖은 아첨을 쉴 새 없이 해댔습니다.

신랑과 신부가 교회로 갔을 때, 큰딸은 신부 오른쪽에 서고 둘째 딸은 신부 왼쪽에 섰습니다. 그런데 갑자기 두 마리의 비둘기가 달려들어 두 딸의 눈을 하나씩 콕 쪼아 빼 버렸습니다.

교회에서 나올 때는 큰딸이 신부 왼쪽에 서고, 둘째 딸이 오른쪽에 섰습니다. 그러자 비둘기들이 다시 달려들어 두 딸의 남은 눈을 콕 쪼아서 마저 빼 버렸습니다.

결국 벌을 받은 것입니다. 그리하여 두 딸은 평생 맹인으로 살아야만 했습니다.

작품 해설

1) 원본 동화

① 작가와 시기

원형은 유럽 전역에 전해지던 민간 설화에서 비롯되었으며, 17세기 말 샤를 페로가 1697년에 발표한 《옛날이야기》 중 〈신데렐라 혹은 유리 구두를 신은 소녀(Cendrillon ou la petite pantoufle de verre)〉로 문학적으로 정착했다.

이후 독일의 그림 형제가 1812년 《그림 동화집》 제1권에 〈재투성이 아셴푸텔(Aschenputtel)〉을 수록하면서, 이야기에 잔혹하고 도덕적인 색채를 더했다.

② 요약 줄거리

어느 마을에 어머니를 잃은 소녀 신데렐라가 살고 있었다.

아버지는 새어머니와 결혼하지만, 새어머니는 두 딸과 함께 신데렐라를 하녀처럼 부린다.

그러던 어느 날 왕궁에서 무도회가 열린다는 소식이 전해진다. 새언니들은 화려하게 차려입고 떠나지만, 신데렐라는 집에 남는다. 그때 어머니의 무덤 곁에 심어둔 개암나무 위에 하얀 새가 나타나 황금빛 드레스와 구두를 내려보내 준다.

신데렐라는 변신하여 무도회에 참석하고, 왕자는 그녀의 아름다움에 반한다. 하지만 밤이 되자 신데렐라는 집으로 돌아가면서 구두 한 짝을 잃는다.

왕자는 그 구두의 주인을 찾기 위해 온 나라를 돌고, 두 의붓언니는 구두를 억지로 신기 위해 발가락을 자르거나, 발뒤꿈치를 도려낸다. 그러나 새들이 '피가 흐르고 있다.'고 알려줘, 왕자가 속지 않게 만든다.

마침내 신데렐라가 구두를 신어 보자 꼭 맞았고, 그녀는 왕자와 결혼한다. 결혼식 날 새들은 두 의붓언니의 눈을 쪼아 맹인으로 만들어 벌을 주며 이야기가 끝난다.

2) 대중판 동화

① 작가와 시기

디즈니가 1950년에 영화 《신데렐라(Cinderella)》를 발표하면서 전 세계적으로 알려졌다.

② 요약 줄거리

대중판 《신데렐라》에서는 요정이 나타나 호박을 마차로, 쥐를 마부로, 누더기를 드레스와 유리 구두로 바꾸어준다.

신데렐라는 무도회에 가서 왕자와 춤을 추고, 자정이 되면 마법이 풀린다는 경고를 받고 서둘러 달아나던 중 유리 구두 한 짝을 잃어버린다.

왕자는 구두의 주인을 찾아 나서고, 결국 신데렐라를 찾아낸다. 신데렐라는 두 의붓언니와 새어머니를 용서하고, 왕자와 결혼하여 행복하게 산다.

3) 원본과 대중판의 차이점

그림 형제판은 두 의붓언니가 발을 자르고 눈을 잃는 등 악인에게 잔혹한 응보를 가하는 구조로 되어 있다.

이에 비해 페로판은 용서와 화해의 결말을 택하며, 신데렐라는 선행과 인내로 행복을 얻는 인물로 묘사된다.

요컨대 원본은 현실의 고난을 복수로 갚으며 정의를 구현하지만, 대중판은 사랑과 선의 힘으로 행복을 얻는 정서적 위로의 이야기로 변모하였다.

백설공주

Schneewittchen

왕비는 복도 모퉁이에 몸을 숨기고서 기다리고 있었습니다. 촛대의 희미한 불빛이 길게 이어져 있는 복도를 어렴풋이 비추고 있었습니다.

그때 복도를 스치는 듯한 발소리가 들려왔습니다. 망토로 얼굴을 가린 남자가 걸어오고 있었습니다. 왕비는 이내 그가 왕이라는 사실을 알아차렸습니다.

왕은 주위를 두리번거리더니 아무도 없다는 것을 확인하고는 어느 방 앞에 멈춰 섰습니다. 그리고 문을 열자마자 마치 빨려 들어가듯 안으로 들어갔습니다.

왕비는 그 방을 주시하며 복도 그늘에 우두커니 서 있었습니다. 무슨 일이 일어나고 있는 것일까, 방 안을 들여다보고 싶었지만 그런 행동은 용서받을 수 없는 죄였습니다.

왕비는 잠깐 마음속의 죄의식과 싸웠습니다. 그러나 결국 초조한 마음과 호기심이 죄의식을 억눌러버렸습니다.

왕비는 무서운 악마에게 이끌리듯, 왕이 발소리를 죽이고 들어간 방 앞으로 다가가 허리를 구부리고 열쇠 구멍을 통해서 실내를 들여다보았습니다.

희미한 달빛을 받아 드러난 실내에는 침대가 놓여 있고, 침대 위에는 한 소녀가 앉아 있었습니다. 침대 옆에 서 있던 왕이 소녀의 몸을 끌어안더니 뜨거운 키스를 퍼부었습니다. 아직 어린 소녀의 얼굴에는 행복해하는 미소가 감돌았고, 절반쯤 벌어진 입술 사이로 다람쥐처럼 귀여운 이가 흘낏 드러나 보였습니다.

왕은 왼팔로 소녀를 끌어안으며 오른손으로 소녀의 잠옷을 벗기기 시작했습니다.

이윽고 소녀의 하얀 나체가 조금씩 드러나더니, 달빛을 받아 그 모습이 점점 뚜렷하게 눈에 들어왔습니다. 보일 듯 말 듯 부풀어 오른 가슴, 아직 숲이 이루어지지 않은 둥근 둔덕, 그 아래로 이어져 있는 인형처럼 늘씬한 두 다리…….

왕비는 더는 지켜볼 수가 없어 열쇠 구멍에서 눈을 떼었습니다. 그때까지의 긴장감이 풀린 탓인지 아니면 절망감 때문인지, 갑자기 온몸에서 힘이 빠져나가면서 맥없이 바닥으로 무너져 내렸습니다.

남편이 바람피우는 모습을 본 아내의 슬픔……. 누구라도 그랬을 것입니다. 그러나 그보다 더 비극적인 것은 남편의 바람 상대가 두 사람 사이의 친딸이라는 사실이었습니다.

눈이 내리고 있었습니다. 왕비는 흑단 나무 창틀이 끼워져 있는 창가에 앉아 바느질을 하고 있었습니다. 이 나라로 시집온 지 벌써 10년, 왕비는 높은 신분은 아니었지만 그녀의 미모에 매료된 왕이 끈질기게 구혼하여 왕비가 되었습니다.

결혼한 이후 한동안 왕은 마치 제정신을 잃은 사람처럼 왕비를 사랑했습니다. 왕비가 시종에게 눈길을 주거나 신하들과 이야기를 나누는 것만으로도 심하게 질투를 했습니다. 결혼 전에 어떤 귀족이 왕비를 짝사랑했던 문제로 밤새도록 왕비를 추궁한 적도 있었습니다.

그러나 행복은 오래가지 않았습니다. 그 시대에는 다른 나라와의 전쟁이 일상적인 일이었기 때문에 왕은 성을 비우고 전쟁터에 나가 있는 경우가 더 많았습니다. 그리하여 성에 홀로 남겨진 왕비는 고독한 시간을 보내야만 했고, 시녀들에게 둘러싸여서 하는 일 없이 지내는 나날이 이어졌습니다.

사람들의 소문이나 험담, 화장과 드레스에 관한 이야기 등 여자끼리 주고받는 화제는 시시한 것들뿐이었습니다. 그런 대화의 중심에서 왕비는 밝은 모습을 보이기 위해 최선을 다했지만, 마음은 늘 외로웠습니다.

그러다 보니 왕비의 유일한 즐거움은 자기 방에 혼자 틀어박혀 시집올 때 가져온 마법의 거울을 꺼내어 들여다보는 것이었습니다. 왕비는 때로 그 거울을 보며 이런 질문을 했습니다.

"거울아, 거울아. 이 세상에서 가장 아름다운 사람은……?"

거울의 대답을 들을 때마다 왕비는 안도의 숨을 내쉬었습니다.

풍부한 갈색 머리카락, 오뚝하고 단정한 이목구비, 대리석 같은 하얀 피부……. 하얀 피부를 소중히 여긴 왕비는 프랑스에서 수입한 처방에 따라 여러 종류의 약초로 만든 파프(연고처럼 생긴 찜질약)로 매일 아침 마사지를 했습니다. 그러나 시간이 흐름에 따라 왕비의 미모에도 그늘이 드리워지기 시작했습니다. 피부가 늘어지고 눈가에 주름이 잡혔으며, 왕과의 사랑에도 점차 정열이 사그라져 갔습니다. 왕은 그런 왕비에게 조금씩 싫증을 내기 시작했습니다.

왕이 어느 귀족의 딸을 총애한다는 소문이 왕비의 귀에 들려왔습니다. 왕이 성을 자주 비우는 이유는 전쟁 때문만이 아니었습니다. 종종 그 아가씨를 만나러 가기도 했던 것입니다.

왕은 소녀를 좋아했습니다. 왕비도 그 나라로 시집올 때 열다섯 살의 젊은 소녀였습니다. 왕은 미녀라기보다는 미소녀라는 표현이 더 잘 어울리는 왕비의 미숙한 아름다움에 도취되었습니다.

왕은 풍만한 가슴이나 엉덩이에 별로 흥미를 보이지 않았습니다. 소녀처럼 늘씬하고 매끄러운 다리, 군살이 붙어 있지 않은 탄력 있는 엉덩이, 갸름하고 단아한 얼굴……. 왕비의 그런 중성적인 아름다움이 왕을 매료시켰던 것입니다.

그 당시에 나이 어린 소녀의 결혼은 보기 드문 일이 아니었습니다. 열 살 정도의 나이에 다른 나라로 시집간 공주가 얼마든지 있었습니다. 또한 남편으로서의 왕자도 성적으로 미숙해서, 부부 관계에는 관심도 없이 둘이서 장난만 쳤다는 이야기도 전해집니다. 그러고 보니 지금 왕이 총애하고 있는 귀족의 딸도 열네 살이 되지 않은 소녀라는 소문이 파다하게 퍼져 있었습니다.

왕비에게는 커다란 약점이 하나 있었습니다. 결혼한 지 10년째인데도 아직 아이가 없다는 것이었습니다.

왕비는 한숨을 내쉬며 창밖으로 얼굴을 내밀었습니다. 그 순간 바늘에 손가락이 찔리면서 새빨간 피가 눈 위로 떨어졌습니다. 새하얀 눈을 물들이는 선혈의 붉은빛이 눈부실 정도로 선명했습니다. 그 모습을 바라보는 왕비의 뺨이 붉게 달아올라 여느 때보다도 더 아름답게 보였습니다.

"아이를 낳고 싶어. 이 눈처럼 새하얀 피부, 피처럼 새빨간 입술 그리고 흑단 나무처럼 새까만 머리카락을 가진 아이를…….”

왕비는 이렇게 중얼거리며 ‘아이가 태어나면 왕의 마음을 다시 사로잡을 수 있을 것이다. 아니, 그렇게까지는 되지 않더라도 후계자의 어머니로서 왕비의 자리에서 쫓겨나지는 않을 것이다.’라고 생각했습니다.

왕비의 소원이 신에게 전해졌는지 그로부터 얼마 지나지 않아 왕비는 임신했고, 마침내 아이를 낳았습니다. 왕비가 원한 대로 눈처럼 하얀 피부와 피처럼 새빨간 입술, 흑단 나무처럼 새까만 머리카락을 가진 여자아이였습니다. 그리하여 아이는 ‘백설공주’라는 이름으로 불리게 되었습니다.

왕도 몹시 기뻐하며 왕비의 ‘공적’을 칭찬했고, 값진 보석과 화려한 드레스를 선물했습니다. 왕비의 출산을 학수고대하고 있던 왕은 이왕이면 사내아이를 낳았으면 더 좋았을 것이라고 불평도 했지만, 왕비는 못 들은 척했습니다.

아이는 무럭무럭 자랐으며, 아이를 좋아하는 왕은 틈만 나면 함께 놀아주었습니다. 그러다 보니 애인을 찾아가는 횟수가 줄어든 반면, 아이를 보기 위해 왕비를 찾아오는 일이 점점 많아졌습니다. 왕비는 만족했습니다. 아이를 낳자, 왕이 다시 자신에게 돌아왔다고 생각한 것입니다.

아기가 성장함에 따라 왕비는 아이의 머리를 묶어주고 옷을 만들어 주는 것을 즐거움으로 삼았습니다.

백설공주는 부모의 사랑을 듬뿍 받으며 아무런 탈 없이 잘 자랐습니다. 그리고 한 해 한 해 나이를 먹을수록 왕비를 닮은 아름다운 모습으로 변모해 갔습니다. 왕비는 그런 공주가 자랑거리였습니다. 사람들이 공주의 아름다움을 칭찬할 때마다 자신이 칭찬받는 것처럼 기뻐했습니다.

그러던 어느 날, 왕비는 묘한 기분을 느꼈습니다. 공주를 바라보는 왕의 눈이 남자가 여자를 보는 눈처럼 이상하게 느껴졌습니다. 공주의 드레스 위로 드러난 새하얀 피부를 바라볼 때, 스커트 아래의 맨발을 바라볼 때, 왕의 눈에 욕망의 빛이 번뜩이는 듯했습니다.

일찍이 근친상간은 현대인이 생각하는 것만큼 특이한 행위가 아니었습니다. 이집트의 여왕 클레오파트라(Cleopatra)도 동생과 결혼했고, 16세기 이탈리아의 귀족 프란체스코 첸치(Franciscus Cenci)도 미모의 딸을 방에 가두어두고 강간했습니다.

그리고 어느 날 왕비는 공주의 침실로 들어가는 왕의 모습을 우연히 발견했고, 열쇠 구멍을 통해 그들의 정사 장면을 목격한 것입니다.

왕은 거의 매일 밤 공주의 침실을 드나들었습니다. 당연히 왕비의 방에는 발걸음이 뜸해졌습니다. 예전처럼 다시 고독에 빠진 왕비는 딸에 대한 연민과 질투 사이에서 번민했습니다. 사랑하는 딸의 육체가 남편의 짐승 같은 욕망에 더럽혀진다는 연민과 남편의 애무에 음란한 신음을 내뱉는 여자가 딸이 아니라 자신이기를 바라는 질투…….

그러나 그러한 번민은 오래가지 않았습니다. '남자를 아는 여자'……. 그렇게 생각하자 지금까지 그렇게 사랑스럽기만 했던 딸이 갑자기 불결한 동물처럼 느껴졌습니다. 백옥처럼 아름다운 매끄러운 피부가 갑자기 손도 대기 싫은 더러운 것으로 느껴졌습니다.

"옷차림이 그게 뭐니? 몸을 훤히 드러내고."

언제인가부터 왕비는 공주에게 지나치다 싶을 만큼 잔소리를 늘어놓기 시작했습니다.

"몸가짐을 정숙하게 해야지. 너는 이 나라의 공주야."

몸매를 드러내는 드레스를 입거나 부드러운 비단 양말을 신고 기뻐하는 공주를 바라볼 때마다 왕비는 인상을 쓰며 꾸짖었습니다. 그러자 그동안 어머니에게 고분고분했던 공주가 갑자기 반항적인 태도를 보였습니다.

"엄마는 보는 눈이 없어요. 엄마 같은 생각을 하고 있으면 시녀들과 대화를 할 수 없다고요. 지금 파리에서 어떤 옷이 유행하고 있는지 아세요? 왕족이나 귀부인들뿐만 아니라 일반 서민들까지도 이런 스타일로 거리를 돌아다닌다고요."

도톰한 입술을 움직이며 깜찍한 말투로 이야기하는 공주의 얼굴이 전에는 사랑스러워서 견딜 수 없을 정도였지만, 이제는 천박하고 얄밉게 느껴져서 견딜 수가 없었습니다.

공주는 이런 식으로 빠르게 변해 갔습니다. 공주의 몸에서 남자와 함께 밤을 보낸 여자들 특유의 불결한 냄새가 나는 것 같았습니다. 공주의 몸이 남자의 애무에 익숙해짐에 따라 점차 사랑의 기술이 늘고 있다는 사실을 왕비는 분명하게 간파할 수 있었습니다.

어느 날 무엇이 원인이었는지는 확실하지 않지만 왕비와 공주가 말다툼하게 되었는데, 그때 공주가 시건방진 말투로 이렇게 말했습니다.

"여자는 남자에게 사랑을 받아야 해요. 남자에게 사랑도 받지 못하는 사람이 뭘 알겠어요?"

"사랑받지 못한다고?"

그 말을 하는 왕비의 얼굴색이 벌겋게 달아오르는 것 같았습니다.

"그래요. 아빠는 엄마를 사랑하지 않아요. 엄마 같은 여자는 이제 질렸대요."

남자에게 사랑받고 있다는 확신이 있는 여자의 당당함 앞에서 왕비는 반박할 말을 찾지 못했습니다. 예전에는 그녀도 그런 당당함을 갖고 있었습니다. 그러나 지금은 예전의 젊은 미모는 빛을 잃고, 자신감 없이 전전긍긍해 하는 초라한 모습만 남아 있을 뿐이었습니다.

왕비는 공주에게 여자로서의 질투를 느끼고 있는 자신의 속내를 감출 수가 없었습니다. 백옥 같은 피부, 도톰한 장밋빛 입술, 군살이 전혀 없는 날씬한 몸매……. 그것은 모두 왕비가 이미 잃어버린 것들이었습니다.

그와는 달리 그 모든 것을 갖추고 있는 공주는 남자의 사랑을 받는다는 자신감에 차서, 왕비 앞에 여자로서 당당하게 서 있었습니다.

이제 왕은 체면도 잊은 채 백설공주에게 빠져 있었습니다. 극장이나 음악회 등 어떤 곳에 가더라도 백설공주를 데리고 다녔습니다. 원래는 왕비가 있어야 할 자리에 어린 백설공주가 있었던 것입니다.

백설공주는 공단 리본으로 테를 두른 드레스와 고래 뼈로 부풀린 스커트를 차려입고서 왕 옆에 어른처럼 앉아 있곤 했습니다.

그 광경은 당연히 사람들의 눈길을 끌었습니다. 일례로, 왕이 극장에 도착하면 사람들이 모두 일어나서 왕을 맞이합니다. 그런데 왕은 왕비가 아닌 백설공주와 매우 다정한 모습으로 들어서서 이층 정면의 좌석에 앉습니다. 그러면 사람들은 정중하게 머리 숙여 인사를 하면서도 의미심장한 표정으로 서로를 바라보며 낮은 목소리로 소문을 교환하곤 했지요.

하지만 당사자인 왕과 백설공주는 아무것도 모르고 있거나, 그것이 아니라면 전혀 개의치 않는 것 같았습니다.

각국의 대사들이 왕을 알현하는 자리에도 왕 옆에는 언제나 백설공주가 있었습니다. 그 모습을 보고 대사들은 당황하지 않을 수 없었습니다. 대사가 어쩔 줄 몰라 망설이고 있으면 왕이 공주에게 눈짓을 보냈습니다. 그러면 공주는 그에 답하여 한쪽 눈을 찡긋 감아 보이며 미소를 짓고는, 천천히 자리를 피해 주었습니다.

이런 모습을 지켜보는 각국 대사들은 두 사람의 눈짓 교환이 무엇을 의미하는지 충분히 알아차릴 수 있었습니다. 그리하여 그때부터는 왕에게 부탁할 일이 있으면, 우선 백설공주를 찾아가는 것이 대사들 사이에서 상식이 되었습니다. 보통의 사람들에게는 존경의 대상이자 두려움의 대상인 왕을 마음대로 주무를 수 있는 유일한 사람이 어린 백설공주라는 사실을 사람들은 자연스럽게 인식하게 된 것입니다.

시간이 흐를수록 오만해진 백설공주는 왕까지도 자기 뜻대로 다루기 시작했습니다.

어느 날, 밤늦게 음악회에서 돌아온 백설공주가 지친 몸으로 침대에 걸터앉았습니다. 그러자 왕이 즉시 무릎을 꿇고 공주의 다리에서 비단 양말을 벗겨냈습니다. 얇은 비단 양말이 벗겨지자 마치 껍질을 벗긴 삶은 달걀처럼 매끄러운 다리가 드러났습니다. 왕은 재빨리 공주의 발끝을 입에 물고 정성스럽게 애무하더니, 점점 대퇴부 쪽으로 입을 옮겨갔습니다.

"이제 그만하세요. 귀찮아요. 졸립다고요."

백설공주는 싫증이 난다는 듯 하품을 하면서 왕의 애무를 거부했습니다.

"부탁이다. 조금만 더. 어제도 그냥 잤으니까, 오늘은……."

"싫어요. 정말 졸립다니까요. 내일 해요."

공주는 냉정하게 잘라 말하고서 몸을 돌려 누워버렸습니다. 왕도 공주 앞에서는 특별한 존재가 아니었습니다. 그는 이제 충족시킬 수 없는 욕망을 끌어안고 어린 딸에게 농락당하는 초라한 늙은이에 불과했습니다.

"제발 그러지 말고, 한쪽 다리만이라도……."

애원하는 왕에게 공주는 한쪽 다리를 내밀었습니다. 왕은 필사적으로 그 다리를 애무했습니다.

"이번에는 이쪽."

왕의 요구에 백설공주는 다른 쪽 다리를 내밀었습니다. 왕은 미친 듯이 그 다리를 끌어안고 애무를 되풀이했습니다. 그러한 행동은 뭐라고 설명할 수 없는 비참함의 극치였습니다.

그런데 공주의 오만함은 여기에서 그치지 않았습니다.

이번에는 마음에 들지 않는 시종과 시녀들에 대한 험담을 늘어놓기 시작했습니다.

"프란츠가 저를 바라보는 눈빛이 마음에 들지 않아요. 전에도 한번 주의를 준 적이 있는데, 제 말에는 귀도 기울이지 않아요."

"클라라는 다림질을 제대로 할 줄 몰라요. 스커트 뒤쪽이 주름투성이여서 귀부인들 앞에서 얼마나 창피했는지 몰라요."

"헬레나는 모든 일이 서툴러요. 신발을 신길 때 뒤꿈치가 벗겨진 적도 있어요. 한번 혼 좀 내주세요."

공주가 그렇게 험담할 때마다 왕은 그 시종과 시녀를 해고하거나 벌을 주었습니다. 때로는 백설공주 앞에서 그들에게 채찍질을 하기도 했습니다.

한번은 밧줄에 묶인 시종이 왕과 백설공주 앞으로 끌려나왔습니다. 왕의 명령에 따라 시종의 옷이 벗겨지고 등이 훤히 드러났습니다. 채찍이 사정없이 그 등을 내리치자 새하얀 피부에 검붉은 피딱지가 생겼습니다. 백설공주는 그 모습을 즐기는 듯 흐뭇해하는 표정으로 바라보았습니다.

어떤 시종은 백설공주의 기분을 나쁘게 만들었다는 이유로 벌거벗고서 성안을 돌아야 했습니다. 또 어떤 시종은 벌거벗겨진 채 밧줄에 묶여 깃털로 온몸을 간지럽히는 벌을 받아야 했습니다. 또 어떤 시녀는 신발을 제대로 신기지 못했다는 이유로 발바닥을 인두로 지지는 벌을 받아야 했습니다.

어린아이보다도 못한 백설공주의 오만함은 한계가 없었지만, 왕은 그런 변화를 오히려 즐겁게 받아들였습니다. 어쩌면 사라져 가는 자신의 젊음을 백설공주를 통해서 간접적으로 느끼고 싶었는지도 모릅니다. 아니면 애완동물을 키우듯 어린 공주를 키우는 것에서 즐거움을 느끼고 있었는지도 모를 일이고요.

"오늘도 시종 한스가 사람들이 지켜보는 앞에서 벌거숭이가 되어 채찍질을 당했다고 합니다. 불쌍하게도 등이 새빨갛게 부어올랐는데, 한동안은 엎드려서 지내야 하는 중상이라고 합니다."

한 시녀가 여느 때처럼 거울 앞에서 왕비의 머리를 손질하면서 성안의 동정을 전해주었습니다.

"세상에, 어떻게 한스까지……. 대체 전하는 무슨 생각을 하고 계시는 것이지? 어린아이가 하자는 대로 다 들어주시다니."

어이가 없어진 왕비는 이런저런 생각으로 머릿속이 복잡해졌습니다.

'어떻게든 손을 써야 한다. 이대로 두면 이 성은 엉망이 되어버린다. 왕과 백설공주의 관계를 이제 이 성의 모든 사람이 알고 있다. 관리들의 인사 문제까지 공주의 뜻대로 이루어지고 있다. 그뿐 아니라 죄 없는 사람들이 공주의 기분에 따라 이유도 없이 고문당하고 있다. 모든 것을 공주 마음대로 하고 있고,

아직 어른들의 세계가 무엇인지도 모르는 어린아이의 장난기에 의해 모든 것이 좌우되고 있다. 더는 내버려 둘 수가 없다. 이대로 내버려 두면 왕비의 지위까지 위험해진다.'

시녀가 방에서 나가자, 왕비는 여느 때처럼 거울에 비친 자기의 모습을 바라보았습니다. 눈과 코 그리고 입술……. 그녀는 눈동자를 천천히 이동하면서 어느 한 부분도 빠뜨리지 않고 하나하나 확인해 갔습니다. 눈가에 깊이 파인 주름, 탄력 잃은 피부, 보기 싫게 드러나 있는 갈색 반점들이 그녀의 미모를 갉아먹고 있었습니다.

모든 방법을 시도해 보았습니다. 마술사가 권하는 약초, 향유, 온천과 진흙 목욕 그리고 살아 있는 동물의 피……. 그러나 그 어떤 것도 도움이 되지 않았습니다. 마치 고행하듯 정성스럽게 다듬어온 아름다움인데…….

'아직은 완전히 시들지 않았지만, 만약 그렇게 된다면 어떻게 살아야 할까?'

왕비는 절망 속에서 뭔가 탐색하듯 거울에 대고 질문을 던졌습니다.

"거울아, 거울아. 이 세상에서 가장 아름다운 사람은 누구니?"

그러자 거울이 이렇게 대답했습니다.

"이곳에서는 왕비님 당신이 가장 아름다워요. 하지만 이 세상에서 가장 아름다운 사람은 백설공주랍니다."

그 말을 듣자, 왕비는 더 이상 참을 수가 없었습니다.

'백설공주만 없어진다면 모든 것이 다시 보장된다.'

제정신을 잃은 왕비는 해서는 안 될 무서운 생각에 사로잡혔습니다.

'마음을 먹었으면 즉시 실행하는 것이 바람직하다. 그렇다면 어떻게 죽여야 할까. 독약을 먹이면 간단한데, 구하기가 쉽지 않다. 목을 졸라 죽일 수도 있지만, 마지막 순간에 모성애 때문에 손에서 힘이 빠져버릴 우려가 있다.'

왕비는 여러모로 망설인 끝에 실력이 아주 뛰어난 사냥꾼 한 명을 불러들였습니다.

"공주를 숲속으로 데려가서 없애버려라. 그리고 그 간과 폐를 꺼내와라."

그 당시 사람들은 숲을 매우 신비한 느낌을 주는 곳으로 생각했습니다. 무서운 괴수와 짐승들이 살고 있으며, 한 번 들어가면 다시는 나올 수 없는 곳이라고 알고 있었습니다.

"공주님, 숲으로 놀러 가시는 게 어떻겠습니까? 재미있는 것들을 보여드리겠습니다."

사냥꾼이 달콤한 말로 유혹했지만, 공주는 뭔가 눈치를 챈 듯 싫다고 고개를 저었습니다. 그러자 사냥꾼은 강제로 공주의 손을 잡고 숲으로 향했습니다. 하지만 숲으로 가는 도중에 사냥꾼은 문득 공주가 불쌍하다는 생각을 했습니다.

'이렇게 귀엽고 순진한 아이를 어떻게…….'

신분이 높은 사람들의 생각은 전혀 짐작할 수가 없었습니다.

당시엔 태어나자마자 병에 걸려 죽어가는 아이들이 많았기 때문에 아이가 태어나면 보물처럼 소중히 키웠습니다.

'그런데 왜 신분이 높은 사람들은 그렇게 귀한 자식을 단순히 성가신 존재로 여기는 것일까?'

사냥꾼은 왕비의 뜻을 이해할 수가 없었습니다.

"저를 원망하지 마십시오. 왕비님의 명령이기 때문에 저는 어쩔 수가 없습니다."

그렇게 말하며 칼을 뽑아 드는 사냥꾼을 향해 백설공주는 무릎을 꿇고 목숨을 구걸했습니다.

"제발 살려주세요. 목숨만은……."

공주의 뺨을 타고 흘러내리는 눈물을 보자 사냥꾼의 손에서 힘이 빠져나갔습니다.

'공주는 아직 어린아이야. 내가 죽이지 않더라도 이 깊은 숲속에서 살아날 수는 없어. 아마 무서운 짐승에게 목숨을 잃게 될 거야. 그런데 굳이 내 손으로 죽일 필요는 없지.'

마음을 바꾼 사냥꾼은 칼을 거두고 공주를 숲속에 풀어준 다음, 공주 대신 산돼지 한 마리를 죽여 간과 폐를 꺼내 들고 성으로 돌아왔습니다.

기다리고 있던 왕비는 사냥꾼이 내미는 싱싱한 장기들을 보고 자기도 모르게 비틀거렸지만, 애써 마음을 가라앉히고 냉정한 표정을 지어 보였습니다.

"잘했다. 공주는 저항하지 않았느냐?"

"네, 공포에 질려서 울음소리도 내지 못했습니다. 그래서 단칼에……."

"그래, 수고했다. 내 너에게 상을 내려주마."

그렇게 말하고서 왕비는 심복을 불러 사냥꾼을 그 자리에서 죽여버렸습니다. 물론 입을 막기 위해서였습니다.

왕비는 사냥꾼이 가져온 장기들을 새삼스러운 눈길로 바라보았습니다. 붉은색을 띠고 있는 그 장기에서 아직 따뜻한 온기가 느껴졌습니다.

'이것이 바로 그토록 나를 괴롭혔던 젊고 아름다운 백설공주의…….'

당시에는 젊은 여자의 간을 먹으면 그 젊음을 자기 것으로 만들 수 있다는 소문이 있었습니다. 왕비는 잠시 주저했지만, 그 장기들을 숲속에서 붙잡은 동물의 장기라고 속이고 요리사에게 소금을 쳐서 무쳐오라고 명령했습니다.

그 당시엔 인육을 먹는 것이 드문 일이 아니었습니다. 중세 유럽에서는, 특히 13~14세기에는 날씨에 의한 대규모의 기근이 자주 발생했습니다. 그 결과 사람들이 마을을 버리고 떠나는 바람에 많은 마을이 폐허가 되었습니다.

식량이 부족하여 빵을 구하려는 사람들이 농촌에서 도시로 밀려들었습니다. 그러나 그 많은 사람이 먹을 수 있을 만큼 빵이 충분하지 않았기 때문에, 야윈 사람들이 길이나 광장에서 처참한 모습으로 죽어가는 일이 비일비재했습니다. 그리고 살아남은 사람들은 그 시체를 먹었습니다.

얼마 후, 시녀가 조리한 음식을 가져왔습니다. 왕비는 잠시 머뭇거리다가 조심스럽게 그 음식을 입으로 가져갔습니다. 새빨간 피가 흘러내리자 눈을 가늘게 뜨며 그것을 혀로 핥았습니다. 음식을 깨물면서 왕비는 문득 백설공주의 모든 것을 자기 것으로 만들었다는 기묘한 만족감을 느꼈습니다.

백설공주는 두려움에 휩싸인 채 필사적으로 숲속을 헤매며 흐느꼈습니다. 그러면서 자신에게 왜 이런 일이 일어났는지를 생각해 봤습니다.

'아, 그동안 얼마나 어리석었던가. 아버지의 사랑과 귀여움에 도취하여 어머니의 마음을 전혀 헤아리지 못했어. 설마 어머니가 친딸인 나를, 여자가 여자를 보는 눈으로 지켜보고 있었을 줄은 꿈에도 생각하지 못했지. 아, 어머니가 나를 죽이고 싶을 정도로 증오하고 있었을 줄이야……. 모든 것은 아버지의 사랑을 독차지하고 있다는 이유에서 마음 놓고 응석을 부린 나 때문에

생긴 거야.'

어디선가 짐승의 울음소리가 들려왔고, 바람이 지나가면서 나뭇가지를 흔들었습니다.

밤이 깊어가자, 나뭇가지가 유령의 얼굴처럼 눈앞을 가로막았습니다. 공주는 너무 무서워서 졸도할 것 같았습니다.

공주는 눈물을 흘리며 정신없이 산을 넘고 또 산을 넘었습니다. 그렇게 초인적인 힘으로 공주는 어느새 일곱 개의 산을 넘었습니다.

그때 눈앞에 한 줄기 빛이 들어왔습니다. 남은 힘을 모두 쥐어짜서 그곳으로 다가가자 돌로 지어진 작은 집 한 채가 나타났습니다.

사실 그곳에서는 일곱 명의 난쟁이들이 살고 있었습니다. 그들은 그곳에서 땅속에 묻혀 있는 금과 구리 등의 광물을 캐내어 무기를 만드는 일을 했습니다.

백설공주가 문을 열고 들어가자 방에는 작은 식탁이 있었고, 그 위에는 작은 접시 일곱 개가 가지런히 놓여 있었습니다. 그리고 귀여운 나이프와 포크, 스푼, 글라스들이 각각 일곱 개씩 정리되어 있었습니다. 그뿐 아니라 벽 쪽에는 하얀 시트가 덮인 일곱 개의 작은 침대가 나란히 자리하고 있었습니다.

배가 고팠던 백설공주는 커다란 접시에 담겨 있는 빵과 고기를 먹은 다음 유리병에 담겨 있는 와인까지 따라 마셨습니다.

그러고 나자, 어느 정도 배가 부른 데다 와인까지 마셔서인지 잠이 몰려왔습니다. 피곤했던 공주는 잠시 침대에 누웠는데, 눕자마자 곧바로 잠이 들어버리고 말았습니다. 침대는 백설공주의 키와 딱 맞는 크기였습니다.

밤이 깊어지자, 집주인인 일곱 명의 난쟁이들이 돌아왔습니다. 그런데 웬 귀여운 소녀가 침대에서 잠을 자고 있는 게 아니겠습니까. 게다가 빵과 고기에도 손을 댄 흔적이 있었습니다.

"이런, 귀여운 소녀잖아!"

난쟁이 한 명이 소리쳤습니다.

"쉿! 그냥 자게 내버려 둬. 깊이 잠든 것 같은데."

아침이 되어 잠에서 깨어난 백설공주는 일곱 명의 난쟁이들을 보고 깜짝 놀랐습니다. 키는 자기와 비슷하지만 머리에는 하얀 머리카락이 섞여 있었고, 피부도 중년 특유의 메마른 느낌을 주었습니다. 그러나 부드러운 눈빛을 가진 사람들이었습니다.

'어떻게 해서든지 이 사람들의 마음에 들어 이곳에서 머물러야 한다.'

공주는 이렇게 생각하며, 재빨리 머리를 굴려 저간의 사정을 설명했습니다. 마음이 고약한 어머니가 자기를 죽이려 했지만, 그 명령을 받은 사냥꾼이 자기를 불쌍하게 여겨 목숨을 구해주었다는 내용이었습니다.

공주의 이야기를 들은 난쟁이들은 믿을 수 없다는 표정을 지었습니다. 친딸을 죽이려는 어머니가 있다는 사실이 너무나 놀라웠기 때문이지요. 그러나 이렇게 귀여운 소녀가 거짓말을 할 리 없다는 점을 생각할 때 뭔가 사정이 있으리라고 여겼습니다.

"마음 놓고 이곳에 머물러도 돼."

난쟁이들은 입을 모아 백설공주에게 말했습니다.

지금까지 여자라고는 구경도 할 수 없는 세상에 살고 있던 난쟁이들은 갑자기 눈앞에 나타난 귀여운 소녀를 보자, 하릴없이 늙어만 가는 자기들의 미래가 순식간에 밝아지는 듯한 느낌에 사로잡혔습니다. 그래서 그때까지 체념 속에서 살아온 난쟁이들은 이 행복이 언제까지나 이어지기를 마음속으로 기도했습니다.

"그 대신 너는 집안일을 해야 해. 청소, 빨래, 바느질, 요리, 방 정리 등등. 우리는 남자이기 때문에 집을 깨끗하게 정리할 줄 모르지만, 너는 여자이니까 틀림없이 잘 해낼 수 있을 거야."

그 말을 들은 백설공주는 기뻐하며 고개를 끄덕였습니다.

그날부터 공주와 난쟁이들의 기묘한 동거 생활이 시작되었습니다.

당시에는 밖에서 일하는 남자의 역할과 집 안을 돌보는 여자의 역할이 분명하게 구분되어 있었기 때문에 백설공주는 자연스럽게 집안일을 맡아서 했습니다.

지금까지 최고의 대우만 받으며 살아온 공주의 입장에서 볼 때 청소나 빨래, 요리 등은 쉬운 일이 아니었습니다. 하지만 공주는 열심히 노력하며 조금씩 배워나갔습니다. 그 결과가 만족할 만한 수준은 아니었지만, 난쟁이들은 특별히 불평하지 않았습니다.

난쟁이들은 집에 사랑스러운 소녀가 있다는 것만으로도 활기를 느꼈습니다. 말로는 표현하지 않았지만 이 아이를 영원히 잃고 싶지 않다는, 누구한테도 빼앗기고 싶지 않다는, 반드시 자기들이 지켜주어야겠다는 묵시적인 소망이 그들의 가슴속에 저마다 자리 잡고 있었던 겁니다.

"우리가 집을 비운 동안에는 문단속을 잘해야 한다. 누군가가 찾아와도 절대로 문을 열어주면 안 된다는 것, 잘 알고 있지?"

난쟁이들은 순진한 백설공주에게 단단히 주의를 주었습니다.

어느 틈엔가 난쟁이들은 공주의 아버지가 된 듯한 기분에 사로잡혔고, 백설공주도 아버지와의 관계를 통해서 남자들에게 그런 대접을 받는 일에 익숙해져 있었기 때문인지 난쟁이들의 행동에 거부감을 느끼지 않았습니다.

얼마 지나지 않아, 공주는 번갈아 가며 난쟁이들의 잠자리 상대도 되어 주곤 했습니다. 보통 소녀라면 당연히 싫어할 수 있는 메마른 피부와 짙은 노인의 냄새도 백설공주는 특별히 싫다고 생각하지 않았습니다.

그러던 어느 날, 문득 아버지가 생각났습니다. 그날도 공주는 한 난쟁이와 잠자리를 함께했는데, 그의 껄끄러운 수염이 아버지를 생각나게 했던 겁니다.

아버지와의 첫날밤……. 그때는 두려움이 밀려와 떨기만 했었습니다. 겉옷이 벗겨지고 속옷이 벗겨질 때도, 거친 아버지의 손에 가슴과 하복부를 내맡겼을 때도 말없이 떨고만 있었습니다. 즈음이라면 '싫어요. 아빠, 그만해요.'라고 말했을 테지만, 그때는 그런 말을 할 수가 없었습니다. 무엇인가 두렵고 부끄러운 일을 당하고 있는 듯한 느낌에 얼어붙어 있었기 때문입니다. 그리고 처녀막이 파열될 때의 공포와 통증……. 그러나 잠시 후에 아버지가 부드럽게 피를 닦아준 다음 따뜻하게 안아주었기에, 그날 밤은 아버지의 팔에 안겨 잠들었습니다.

수염의 꺼칠한 감촉과 어른 특유의 체취……. 모든 것이 이제는 그리운 추억으로 남아 있을 뿐이었습니다.

"아, 아빠……."

절정에 이르렀을 때, 백설공주는 자기도 모르게 교성을 질렀습니다.

그 순간, 상대하고 있던 난쟁이가 흠칫 동작을 멈췄습니다.

난쟁이는 그동안 궁금하게 여겼던 의문이 비로소 해결된 느낌이었습니다. 공주가 어째서 어머니의 미움을 받아 살해될 상황에

몰린 것인지, 어째서 이렇게 귀여운 소녀에게 그 나이에 어울리는 청순함보다 어른에게서나 느낄 수 있는 불건전한 색기가 흐르고 있는 것인지…….

성에서는 왕비의 새로운 생활이 시작되었습니다.

자신의 딸을 죽였다는 사실 때문에 죄의식에 시달리기는 했지만, 그보다는 마침내 경쟁자를 제거했다는 안도감이 더 강했습니다.

'이제 나에게서 왕을 빼앗아갈 사람은 아무도 없다. 왕은 다시 나만을 사랑할 것이다.'

원정에서 돌아온 왕은 공주가 없다는 사실에 깜짝 놀라더니, 이내 슬픔에 잠겼습니다.

그러자 왕비는 눈물을 흘리며 왕에게 매달렸습니다.

"숲속을 산책하고 있었는데, 갑자기 커다란 짐승이 덤벼들어서 도망쳤어요. 하지만 공주는 돌부리에 옷자락이 걸려 넘어지는 바람에 그 짐승에게 잡아먹혔어요."

왕비가 바닥을 치며 통곡하자, 왕은 왕비의 말을 믿어 주었습니다. 세상 어디에 자기 딸의 불행을 바라는 어머니가 있을까 싶어, 혹시나 하는 의문을 접은 것입니다.

왕비는 혼자 방에 있을 때면, 머릿속에서 백설공주의 귀여운 얼굴이 되살아나 무척 혼란스러웠습니다. 하지만 그럴 때마다 고개를 흔들어 그런 생각을 떨쳐 버리려고 기를 썼습니다.

'나에게는 왕과의 생활이 있다. 여자로서 왕에게 사랑받는 것. 내가 원했던 것은 오직 그것뿐이다. 그리고 이제 원했던 대로 뜻을 이루지 않았는가.'

왕비는 밤마다 왕의 애무에 탐욕스럽다 싶을 만큼 격렬하게 몸을 맡겼습니다. 육욕에 몰입함으로써 자신이 범한 죄의 공포를 잊으려 했던 겁니다. 왕은 그동안 볼 수 없었던 왕비의 격렬한 행동에 놀라기는 했지만, 그것을 굳이 말로 표현하지는 않았습니다. 그런 행동은 딸을 잃은 슬픔에서 비롯된 것이라고 받아들였습니다. 그리고 그런 왕비가 가련하게 느껴져 자기도 최선을 다해 그 격렬한 욕망에 응했습니다.

그러나 그것도 잠깐, 왕에게 다시 새로운 애인이 생겼다는 소문이 왕비의 귀에 들어왔습니다. 그러자 왕비의 마음은 또다시 불안하고 복잡해졌습니다.

'제 자식을 해치면서까지 되찾은 남편의 사랑, 그런데 그것을 되찾았다는 생각이 오판이었단 말인가. 결국은 아무런 이익도 없는 살인을 저질렀을 뿐이라는 건가.'

어느 날 밤, 왕비는 왕이 찾아오지 않자 무료한 시간을 보내다가 문득 거울 앞에 앉았습니다.

그리고는 거울을 향해 질문을 던졌습니다.

"거울아, 거울아. 이 세상에서 가장 아름다운 사람은 누구니?"

"왕비님, 이곳에서는 당신이 가장 아름다운 사람이에요. 하지만 이 세상에서 가장 아름다운 사람은 일곱 개의 산 너머에 살고 있는 백설공주예요."

왕비는 새파랗게 질려 거울을 밀쳐버리고 말았습니다.

죽었다고 생각한 딸이 살아 있다니…….

왕비는 공포가 밀려와 몸을 떨었습니다.

'딸은 언젠가 이곳으로 찾아와 자기를 죽이려 했던 나를 고발할 것이다. 그러면 왕이 나를 절대로 용서해 주지 않을 것이다.'

이제 살인은 왕비의 강박관념이 되어버렸습니다. 그동안은 오직 왕에 대한 질투로 전전긍긍하면서 일을 벌였지만, 앞으로는 생사가 달린 문제였기 때문입니다.

이 싸움에서 누가 살아남을 것인가……. 남자를 둘러싼 어머니와 딸의 투쟁이 다시 시작되었습니다.

'더 이상 다른 사람에게 부탁할 수 없다. 내 손으로 직접 해결해야 한다.'

그렇게 결심한 왕비는 얼굴에 물감을 바르고 누더기를 걸쳐 입고서, 비단으로 만든 선명한 색깔의 가슴 끈 몇 개를 바구니에 담아 성을 빠져나왔습니다.

가슴 끈은 옷 위에서 가슴 아래를 묶어 가슴을 풍만하게 보이기 위해 사용하는 것인데, 특히 베네치아나 밀라노 등에서 주로 생산되는 비단 제품은 값이 매우 비쌌습니다.

아름다움에 집착하고 있는 왕비는 여자의 허영심을 자극하는 도구에 대해 잘 알고 있었기에, 성에 있을 때 아름답고 값비싼 물건에 관심이 많았던 공주가 비단으로 만든 이 가슴 끈을 보면 틀림없이 흥미를 느낄 거라고 생각했습니다. 게다가 깊은 산속에서 살고 있는 공주가 결코 자유롭고 여유 있는 생활을 하고 있을 리가 없는 데다, 아직 어리기 때문에 유혹에 간단히 넘어올 거라고 예상했습니다.

잡화를 파는 노파로 변장한 왕비는 일곱 개의 산을 넘어, 마침내 난쟁이들의 집에 도착했습니다.

왕비는 문을 두드리면서 큰소리로 외쳤습니다.

"가슴 끈 사세요. 여자라면 누구나 좋아하는 멋진 가슴 끈이에요."

'사람들이 거의 찾아오지 않는 외딴 산속에 대체 무슨 일로 왔을까……?'

백설공주는 고개를 갸웃거리며 자리에서 일어났습니다. 늘 혼자서 집을 지키고 있던 공주는 사람들과의 대화에 굶주려 있었습니다. 그리고 가슴 끈이라니……. 호기심을 느낀 공주는 상대를 경계하지도 않고 서둘러 문을 열었습니다.

그 모습을 본 순간, 왕비의 머릿속은 복잡한 상념에 사로잡혔습니다. 성에 있을 때와는 비교할 수도 없는 초라한 옷을 입고 있었지만, 얼굴은 여전히 젊음으로 빛나고 있었습니다.

그러나 눈앞에 있는 이 아이가 바로 남편의 사랑을 빼앗고 자기의 행복한 나날을 짓밟은 얄미운 딸이라는 생각이 들자, 왕비의 가슴에 다시 불같은 증오심이 끓어올랐습니다. 그리고 빛나는 이 얼굴이 왕비로서의 자신의 지위를, 아니 자신의 목숨을 위협하고 있다는 생각이 스쳐 갔습니다.

"어머, 귀여운 아이구나. 어떤 색깔이 마음에 드니? 그래, 이 색깔이 잘 어울릴 것 같다. 내가 묶어주마."

왕비가 그렇게 말하자, 백설공주는 아무런 의심도 하지 않고 왕비에게로 다가갔습니다.

그러자 왕비는 재빨리 백설공주의 가슴에 끈을 돌린 다음 뒤에서 힘껏 조였습니다. 끈을 조이는 순간 모성애가 느껴졌지만, 그것을 떨쳐 버리기 위해 두 손에 더욱 힘을 주었습니다.

백설공주는 고통스러운 신음을 내며 그 자리에 힘없이 쓰러졌습니다. 그것을 확인한 왕비는 즉시 모습을 감췄습니다.

날이 완전히 어두워지자, 난쟁이들이 집으로 돌아왔습니다. 하지만 문밖에서 아무리 소리를 질러도 대답이 없자, 무슨 일인가 하여 문을 강제로 열고 안으로 들어갔습니다. 그랬더니 백설공주가 입구에 쓰러져 있는 것이었습니다.

아무리 몸을 흔들고 이름을 불러도 반응이 없었습니다. 난쟁이들은 급히 공주의 몸을 살펴보았습니다. 가슴이 끈으로 강하게 묶여 있어, 서둘러 그것을 풀어주었습니다. 그러자 공주가 숨을 몰아쉬었고, 잠시 후 정신을 차렸습니다. 난쟁이들은 탄성을 지르고 눈물을 흘리면서 기뻐했습니다.

그날 있었던 일을 전해 들은 난쟁이들은 기가 막혔습니다.

"어떻게 이런 일이……. 그 노파는 왕비가 틀림없어. 그건 그렇고, 어쨌든 목숨을 건져서 다행이다. 앞으로는 누가 찾아와도 절대 문을 열어주지 말아라."

난쟁이들은 번갈아 가며 마치 아버지가 어린 딸을 타이르듯 주의를 주었습니다.

그 시간에, 왕비는 새파랗게 질린 표정으로 숨을 헐떡이며 성에 도착했습니다. 확실하게 일을 처리했다는 자신감이 들었습니다. 있는 힘을 다해 끈을 조일 때 분명 그런 느낌이 전해졌습니다. 이제 공주는 두 번 다시 살아날 수 없을 것입니다.

왕비는 뛰는 가슴을 진정시키며 그렇게 생각했지만, 한편에서는 이상하게 불안감이 스멀스멀 밀려왔습니다.

왕비는 다시 거울 앞에 가서 앉았습니다. 그리고 기도하듯이 경건한 태도로 질문을 던졌습니다.

"거울아, 거울아. 이 세상에서 가장 아름다운 사람은 누구니?"

그러자 거울이 대답했습니다.

"이곳에서는 왕비님 당신이 가장 아름다운 사람이에요. 하지만 이 세상에서 가장 아름다운 사람은 백설공주, 일곱 개의 산 너머에 살고 있는 백설공주예요."

'이럴 수가! 확실하게 처리했다고 생각했는데 공주가 아직도 살아 있다니. 혹시 마지막 순간에 딸에 대한 모성애가 작용하여 팔에서 힘이 빠져버린 것은 아니었을까……?'

왕비는 이번에야말로 확실하게 처리하겠다고 결심했습니다.

'어떻게 해서든 죽여야 한다. 그렇지 않으면 내 지위가 위험하다. 아니, 목숨이 위험하다.'

왕비는 이번에는 독약을 선택했습니다.

중세 사회의 서유럽에서 독약은 평범하게 사용되던 살인 수단이었습니다. 성안에서도 왕이나 귀족의 독살이 자주 발생했기 때문에 사람들은 식사하기 전에 시종에게 먼저 음식을 먹어보게 했습니다. 또한 손님에게 술을 권할 때는 주인이 먼저 술잔을 비워 독이 없다는 사실을 손님에게 확인시켜 주었습니다.

이곳저곳을 수소문한 끝에 마침내 즉효가 있는 독약을 구한 왕비는 그것을 달여 멋진 빗에 바르고, 전과는 다른 모습으로 변장하여 성을 빠져나왔습니다.

왕비는 일곱 개의 산을 넘어 난쟁이들의 집에 도착하자, 큰소리로 외치기 시작했습니다.

"빗이에요. 아름답고 멋진 빗이 있어요."

"할머니, 그게 뭐예요?"

백설공주가 절반쯤 문을 열고 물었습니다.

"빗이란다. 멋진 빗을 가져왔어. 한번 구경해 볼래?"

"하지만 아무도 들여보내지 말라고 했어요."

"잠깐이면 되는데, 뭐. 자, 이렇게 멋진 빗은 본 적이 없을걸."

왕비는 빗 한 개를 꺼내 보였습니다. 수없이 박혀 있는 보석이 햇빛을 받아 반짝반짝 빛났습니다.

백설공주는 원래 아름다운 물건에는 정신을 차리지 못하는 성향이 있었기에, 구경만 하는 건 괜찮을 거라고 생각하며 다시 문을 열어주었습니다.

"어머, 예뻐라!"

공주가 황홀해 하는 눈빛으로 빗을 들여다보자, 왕비가 나지막한 목소리로 속삭였습니다.

"머리카락이 정말 아름답구나. 내가 빗겨주마."

왕비가 공주의 머리카락에 빗을 댄 순간 독이 퍼졌고, 공주는 그 자리에 풀썩 쓰러졌습니다.

왕비는 난쟁이들이 돌아오기 전에 후다닥 그 자리를 떠났습니다.

저녁 늦게 집으로 돌아온 난쟁이들은 또다시 바닥에 쓰러져 있는 공주를 발견했습니다. 정신없이 몸을 살펴보았지만, 이번에는 가슴 끈도 보이지 않았습니다. 마지막으로 머리카락을 살펴보니, 거기에 눈에 익지 않은 빗이 끼워져 있었습니다.

그것을 뽑아내자 공주는 정신을 차렸고, 난쟁이들은 다시 눈물을 흘리며 기뻐했습니다.

'그건 그렇고, 두 번씩이나 이런 일을 당하다니……. 아무리 철이 없어도, 얼마나 어리석으면…….'

난쟁이들은 한숨을 내쉬었습니다. 궁궐에서 귀한 공주로 자랐기 때문에 사람을 의심할 줄 몰랐고, 가난한 생활을 하다 보니 자신도 모르게 아름다운 물건에 마음이 끌렸을 겁니다. 그러한 마음은 남자인 자신들도 충분히 이해할 수 있었으나, 주의하라고 일러주는 것 이외에 달리할 수 있는 일이 없으니 답답할 뿐이었습니다.

"두 번 다시 낯선 사람을 집에 들여놓으면 안 된다. 이번에야말로 목숨을 잃게 될 거야. 그러니까 조심해야 해. 알았지?"

허겁지겁 성으로 돌아온 왕비는 거칠게 숨을 몰아쉬었습니다.

이번에야말로 틀림없이 성공했을 거라고 생각하면서도, 혹시나 하는 마음이 들어 다시 거울 앞에 앉아 물었습니다.

그러자 거울이 이렇게 대답했습니다.

"이곳에서는 왕비님 당신이 가장 아름다운 사람이에요. 하지만 이 세상에서 가장 아름다운 사람은 일곱 개의 산 너머에 살고 있는 백설공주예요."

왕비는 어이가 없었습니다. 이제 왕비에게는 몇 번을 죽여도 되살아나는 끈질긴 생명에 대한 증오심밖에 없었습니다.

'아무리 죽여도 되살아나는 공주는 악마인 것일까……?'

생각해 보면 성에서 같이 살 때도 공주는 악마였습니다. 왕과 왕비 사이에 끼어들어 왕비의 행복을 위협했던 악마, 그 때문에 괴로워하는 왕비의 모습을 보고도 태연히 미소를 지어 보였던 악마……. 악마가 틀림없었습니다.

왕비의 마음에 조금이나마 남아 있던 딸에 대한 연민도 이제는 완전히 사라져 버렸습니다.

"어떻게 해서든 죽여야 해. 설사 내가 목숨을 잃는다고 해도, 반드시……."

'그렇다. 사과에 독을 묻히면 된다. 공주는 사과를 좋아했다. 사과를 보면 틀림없이 먹고 싶어 견딜 수 없을 것이다. 그런 산속에 맛있는 사과가 있을 리 없다.'

즉시 사과를 구해 한쪽에 독을 바른 왕비는 또 다르게 변장하고서 일곱 개의 산을 넘어 난쟁이들의 집을 찾아갔습니다. 그리고 문을 두드리며 큰소리로 외쳤습니다.

"사과예요, 사과! 엄청 맛있는 사과예요!"

"모르는 사람한테는 절대 물건을 사지 말라고 했어요."

백설공주는 문을 절반쯤 열고, 그 틈으로 밖을 내다보며 말했습니다.

"그래. 그러면 문은 열지 않아도 된다. 어차피 집으로 돌아가려던 참이었는데, 팔다 남은 거니까 네게 선물로 주마. 네가 너무 예뻐서 주는 선물이야."

왕비는 그렇게 말하고서, 문틈으로 사과를 내밀었습니다.

그러자 백설공주는 뒷걸음질 쳤습니다.

"독이라도 묻어 있을 것 같아서 그러니? 알았다. 그렇게 믿지 못하겠다면, 내가 절반을 먹어보마."

왕비는 사과를 반으로 쪼갠 다음 한쪽은 공주에 건네주고, 나머지 한쪽을 먹어 보였습니다.

맛있게 먹는 왕비의 모습을 본 백설공주는 더 이상 참지 못하고 사과를 입으로 가져갔습니다.

그리고 한 입 베어 무는 순간 나지막한 신음을 내더니, 그 자리에 쓰러지고 말았습니다.

"이번에는 지난번과는 비교도 할 수 없는 맹독이야. 설마 또 살아날 리는 없겠지."

왕비는 재빨리 그곳을 떠났습니다.

왕비는 서둘러서 성으로 돌아오자마자 거울 앞으로 가서 물었습니다.

그러자 거울은 이렇게 대답했습니다.

"그건 왕비님 당신이에요. 이 세상에서 가장 아름다운 사람은 왕비님……."

왕비는 거울의 대답이 끝나기도 전에 힘없이 의자에 주저앉고 말았습니다.

'해냈다. 마침내 백설공주가 죽었다. 아무리 죽여도 되살아났던 그 악마가 이제 이 세상에서 영원히 사라졌다.'

왕비는 왕과 함께 보내는 평화로운 나날을 되찾았습니다. 왕의 팔에 안겨 있을 때, 백설공주의 귀여운 얼굴이 머릿속에서 문득문득 되살아나기도 했지만, 그때마다 고개를 흔들어 그런 생각을 떨쳐버렸습니다.

그 후로도 죄의식이 불쑥불쑥 되살아나 괴롭힐 때마다 왕비는 스스로 이렇게 타일렀습니다.

"그때 죽이지 않았으면, 내가 죽었을 거야."

그날 저녁, 여느 때처럼 집으로 돌아온 난쟁이들은 또다시 바닥에 쓰러져 있는 백설공주의 모습을 보고 깜짝 놀랐습니다. 온몸을 뒤져보았지만 역시나 아무것도 발견되지 않았습니다. 옷을 벗긴 다음 물과 포도주로 몸을 씻어주었습니다. 그러나 아무런 소용이 없었습니다.

난쟁이들은 소리내어 통곡했습니다.

'얼마나 어리석은 소녀인가. 두 번도 아니고 세 번씩이나 당하다니. 그렇게 주의를 주었건만…….'

난쟁이들은 사흘 밤낮 동안 시체 옆에 앉아 눈물을 흘리면서 백설공주의 이름을 불렀지만, 공주는 영영 깨어나지 않았습니다.

공주의 얼굴은 마치 잠을 자는 것 같았습니다. 뺨에는 여전히 홍조가 감돌고 있었고, 피부도 깨끗하고 매끄러웠습니다.

난쟁이들은 장작을 쌓아 공주의 시체를 화장할까도 생각했지만, 선뜻 결심이 서지 않았습니다.

"그래, 유리관에 안치하기로 하자."

난쟁이 중 한 명이 그런 제안을 했습니다.

당시에 유리는 매우 값비싼 고가의 물건이었습니다. 유리 자체는 고대부터 존재했지만, 장식품이나 글라스 같은 작은 물건뿐이었습니다. 교회나 성당의 창문에 사용하는 판유리는 중세 말기에야 간신히 제조되었습니다. 프로이센에서는 숲속의 나무들을 태워 만든 탄산칼륨을 용매제로 삼아 유리를 제조했는데, 난쟁이들도 숲속에서 그 방식을 이용하여 공주를 안치할 유리관을 만들었습니다.

공주를 유리관 안에 안치한 난쟁이들은 황금으로 이름을 쓴 다음, 그녀가 왕실의 공주라는 사실을 기록했습니다. 그리고 한 명씩 돌아가며 그 옆에서 밤을 새웠습니다.

그러자 새들이 날아왔습니다. 숲을 대표하는 올빼미, 까마귀, 산비둘기들이 대부분이었습니다. 당시 사람들은 사후의 영혼이 새의 호위를 받아 신에게로 날아간다고 믿고 있었기 때문에 난쟁이들은 새들을 환영했습니다.

유리관에 안치된 뒤에도 공주는 마치 살아 있는 것 같았습니다. 장밋빛 뺨, 백옥처럼 하얗고 생기 있는 피부, 새까만 머리카락…….

'아, 이 아름다운 육체도 언젠가는 부식되어 악취를 풍기는 고약한 물질로 변하겠지…….'

난쟁이들은 그런 생각이 들 때마다 슬픔을 억누르기가 쉽지 않았습니다. 그뿐 아니라 예전과 마찬가지로 생활은 해나갔지만, 일을 끝내고 돌아와도 맞이해 줄 사람이 없는 집은 무덤처럼 느껴질 정도로 적막하기만 했습니다.

그러던 어느 날, 한 젊은이가 일행과 함께 산에 나타났습니다. 허리에 칼을 차고, 비단으로 몸을 감싼 멋진 모습이었습니다.

난쟁이들이 물어보니, 예상한 대로 이웃 나라의 왕자였습니다. 왕자는 사냥을 하다 길을 잃어, 우연히 이곳에 오게 되었다고 설명했습니다.

난쟁이들이 왕자의 일행에게 음식을 대접하고 집에서 묵게 해주겠다고 하자, 왕자는 무척 고마워했습니다.

집 안으로 들어서기 전에 백설공주가 안치된 유리관을 보고 깜짝 놀란 왕자는 그것에 대해 꼬치꼬치 캐물었습니다.

난쟁이들이 그간 무슨 일이 있었는지를 자세히 말해 주자,

왕자는 대뜸 이렇게 제안했습니다.

"이렇게 아름다운 공주가 있다니! 이 관을 내게 줄 수 없겠습니까? 돈은 얼마든지 지불하겠습니다."

그의 제안에 난쟁이들은 버럭 화를 냈습니다.

"당치 않습니다. 아무리 많은 돈을 준다 해도 절대로 그럴 수 없습니다."

그래도 왕자는 포기하지 않았습니다.

'새하얀 피부, 장미꽃 봉오리 같은 입술, 풍성한 머리카락 그리고 봉곳 부풀어 오른 가슴과 늘씬하게 뻗은 두 다리……. 얼마나 사랑스러운 소녀인가.'

왕자는 이렇게 아름다운 소녀를 그 어디에서도 본 적이 없었던 겁니다.

"그렇다면 선물로 주십시오. 평생 소중히 보관하겠습니다. 이렇게 아름다운 공주를 늘 곁에 두고 바라볼 수 있다면, 그것만으로도 충분히 행복할 겁니다."

너무나 열성적인 왕자의 태도에 마침내 난쟁이들이 마음을 바꾸었습니다.

'사실 백설공주는 왕의 딸이다. 이렇게 험한 산속에 묻힐 사람이 아니다. 그보다는 같은 신분인 왕자의 손에 넘겨져 그곳에서 장례를 치르는 것이 공주에게도 행복한 일일 것이다…….'

왕자는 난쟁이들에게 후한 사례를 하겠다는 말을 남기고 떠날 준비를 했습니다. 왕자가 백마에 올라타자 유리관을 짊어진 신하들이 그 뒤를 따랐습니다.

일곱 명의 난쟁이들은 왕자 일행이 완전히 사라질 때까지 하염없이 손을 흔들었습니다.

유리관을 성까지 갖고 온 왕자는 일반적인 상식의 궤도를 벗어난 행동을 보였습니다. 왕자는 밤낮을 가리지 않고 관 옆에만 붙어 있었습니다. 외출할 때에는 시종들이 관을 짊어지고 왕자의 뒤를 따랐습니다.

그것이 불가능할 때는 아무도 관에 손을 대지 못하도록 방에 자물쇠를 걸고 외출했습니다. 그러나 외출을 해도 일이 손에 잡히지 않아, 이내 돌아오곤 했습니다. 게다가 매일 아침과 저녁 식사도 관 옆에서 했습니다.

사실 왕자는 병적인 시체 애호가였습니다. 그는 살아 있는 여자를 사랑할 수 없었습니다.

지금까지 왕자는 젊은 여자의 신선한 시체를 손에 넣기 위해 여러 가지로 손을 썼습니다. 그러다 시체가 손에 들어오면 기다렸다는 듯이 그것을 끌어안았습니다. 죽은 사람은 그의 애무에 아무런 반응도 보이지 않고 그저 차갑게 식은 몸으로 누워만 있을 뿐이었습니다. 왕자는 바로 그러한 점이 마음에 들었던 겁니다.

왕자는 성적 불능자였습니다. 어린 시절부터 그의 주변에는 그를 통해 왕비의 지위를 차지하려는 여자들이 끊이지 않았습니다. 그러나 왕자는 여자들에게 눈길 한 번 주지 않았습니다.

그런 왕자를 걱정한 부왕이 어디에선가 여자 한 명을 데려온 적이 있었습니다. 신하들의 배려로 왕자와 그 여자의 우연한 만남이 이루어졌습니다. 처음에는 왕자의 소중한 부분이 힘껏 발기했지만, 막상 여자의 음부에 닿는 순간 맥없이 위축되고 말았습니다. 여자는 왕자가 한심하다는 듯 비웃었고, 두 사람 사이에는 차갑고 어색한 공기만 감돌았습니다.

그 이후, 왕자는 여자에 대해 증오심만 키웠습니다. 그래도 부왕은 어떻게든 왕자를 정상으로 되돌리기 위해 계속해서 여자들을 데려왔습니다. 하지만 육체를 이용해서 그를 유혹하려는 여자들, 왕자를 중심으로 신경질적인 질투와 서로 반목하는 여자들의 태도는 왕자의 혐오감만 증폭시킬 뿐이었습니다.

그날 밤도 왕자는 방에 틀어박혀 백설공주의 관뚜껑을 살며시 열었습니다. 그리고는 아름답게 화장된 얼굴을 손으로 쓰다듬었습니다. 이어서 몸을 끌어안고 얼음처럼 차가운 유방을 애무하다가 하복부로 손을 뻗었습니다. 그때마다 그의 입에서 나지막한 신음이 흘러나왔습니다. 이런 밤이 벌써 며칠째 이어지고 있었습니다.

그러던 어느 날, 왕자를 수상히 여긴 한 시종이 왕자가 없는 틈을 타 관이 숨겨져 있는 방으로 들어갔습니다. 자물쇠를 비틀어 열고 안으로 들어간 시종은 유리관 안에 안치된 공주의 시체를 바라보았습니다. 섬뜩함과 함께 황홀감이 느껴지는 공주의 모습……. 시종은 자기도 모르게 관 뚜껑을 열고 그녀의 몸을 들어 올렸습니다.

그러나 그 순간 등 뒤에서 발소리가 들려왔습니다. 놀란 시종은 당황하여 시체를 떨어뜨렸고, 공주의 시체는 세찬 소리를 내며 관에 부딪혔습니다. 바로 그때 공주의 목에 걸려 있던 사과 조각이 톡 튀어나왔습니다.

"여기가 어디예요? 내가 왜 여기에 있지요?"

소식을 듣고 달려온 왕자는 유리관 안에 앉아 있는 백설공주를 보고 까무러치듯이 놀랐습니다. 시체가 살아나다니…….

왕자는 기쁨보다 실망이 더 컸지만, 간신히 마음을 진정시키고 백설공주에게 말을 걸었습니다.

"내가 당신을 이 성으로 데려왔소. 당신이 죽은 것으로 알고 있었소."

그때까지의 사정을 설명한 왕자는 그 자리에서 즉시 공주에게 청혼했습니다.

공주는 당연히 그 청혼을 받아들였습니다. 이제 다시 성안의 화려한 생활로 돌아올 수 있게 되었고, 왕자도 마음에 들었습니다. 지금까지 나이 든 남자밖에 몰랐던 공주가 잘생기고 젊은 남자에게서 신선한 느낌을 받는 것은 당연한 일이었습니다.

이렇게 해서 공주와 왕자는 성대한 결혼식을 올리게 되었습니다. 이웃 나라의 왕후와 귀족들이 결혼식에 모여들었고, 마치 그림을 그린 듯이 현란하고 화려한 축하연이 베풀어졌습니다.

공주는 두 번 다시 가난한 생활로 돌아가고 싶지 않았습니다. 금과 보석, 화려한 자수를 놓은 비단 드레스 그리고 고양이 발을 본떠서 만든 가구……. 그런 물건들에 둘러싸여 매일 행복한 나날을 보내고 싶었습니다.

그날 이후 공주는 성을 드나드는 보석 상인들과 재봉사들에게 둘러싸여 긴 시간을 보냈습니다. 시녀들과 쓸데없는 잡담을 나누기도 했습니다. 그런 단조로운 나날이 이어졌지만, 백설공주는 지루하다는 느낌이 들지 않았습니다. 적어도 숲속에서 난쟁이들이 돌아오기만을 기다리며 말동무도 없이 생활하는 것보다는 훨씬 나았습니다.

왕자는 그런 백설공주를 경멸했지만, 그것은 미리 예견된 결과였습니다.

여자는 머리가 좀 뒤떨어지더라도 쓸데없는 잔소리를 하지 않고, 자기가 원할 때만 옆에 있어 주는 것이 좋다고 왕자는 생각했습니다. 그것도 신선한 시체로서…….

백설공주는 모든 생활에 만족할 수 있었지만 단 한 가지,

어떻게 해서든 처리하고 싶은 문제가 있었습니다. 자기를 죽이려 했던 어머니에 대한 복수였습니다.

그리고 사실 매일 거듭되는 무도회도 어느 정도 싫증 난 상태여서, 뭔가 특별한 사건을 만들고 싶었습니다.

"어떻게 해서든 복수를 하지 않으면 잠을 잘 수 없을 것 같아요. 언젠가 어머니가 이곳으로 찾아와 저를 죽일지도 모른다는 생각을 하면, 무서워서……."

백설공주가 잔뜩 겁먹은 표정으로 눈썹을 찌푸리며 호소하자, 왕자는 두말없이 그 의견에 동의했습니다.

"그렇다면 즉시 처리합시다."

마침 유럽에서는 마녀사냥이 한창이었기 때문에, 마녀라는 누명만 씌운다면 자기 인생에 방해가 되는 사람이나 마음에 들지 않는 사람을 얼마든지 없애 버릴 수 있었습니다.

얼마 후, 성에서는 예정에도 없었던 성대한 연회가 열렸습니다.

백설공주의 어머니에게도 초대장이 도착했습니다. 왕비는 '그 나라의 왕자를 본 적도 없는데, 웬 초대장일까?' 하고 이상하게 생각했지만, 원래 화려한 파티를 좋아하는 성격이었기 때문에 즉시 초대를 받아들였습니다.

그리고 그날, 왕비는 보라색 비로드 드레스와 다이아몬드가 박힌 일곱 줄의 목걸이로 아름답게 꾸미고서 출발 전에 거울 앞에 앉아 자기의 모습을 비춰보았습니다.

확실하게 주름 잡힌 눈가, 늘어진 뺨, 짙은 반점이 더욱 두드러진 피부…….

그러나 아직도 왕비는 젊음과 아름다움에 대한 꿈을 포기하지 않았습니다. 실제로 젊은 여자에게 뒤지지 않을 만큼의 아름다움을 갖추고 있었습니다.

왕비가 거울에게 물었습니다.

"거울아, 거울아. 이 세상에서 가장 아름다운 사람은 누구니?"

그러자 거울은 왕비가 전혀 예상하지 못한 대답을 했습니다.

"왕비님, 이곳에서는 당신이 가장 아름다운 사람이에요. 하지만 이 세상에서 가장 아름다운 사람은 일곱 개의 산 너머에 있는 성에서 왕자와 결혼한 새로운 왕비예요."

그 대답을 듣고 왕비는 깜짝 놀랐습니다.

'대체 누구일까? 마침내 강적을 없앴다고 생각했는데, 또 새로운 강적이 나타나다니…….'

괘씸한 마음이 들어 연회에 참석하지 않을까 하는 생각도 했지만, 호기심을 이길 수 없는 왕비는 결국 성을 나섰습니다.

백설공주가 사는 성에 수많은 손님이 모여들었습니다. 악대가 밝은 곡을 연주하며 손님들을 맞이했습니다.

연회장으로 들어가 아름답게 장식한 여자 앞에 서는 순간, 왕비는 그 여자가 다름 아닌 백설공주라는 사실을 알아차렸습니다. 왕비는 온몸이 얼어붙는 것만 같았습니다.

왕비는 즉시 붙잡혀 재판을 받게 되었습니다. 죄명은 백설공주를 살해하려 한 죄였습니다.

왕비는 필사적으로 목숨을 구걸했습니다.

"공주야, 나 좀 살려주렴. 내가 잘못했다. 우리가 함께 지냈던 왕궁에서의 생활을 잊지는 않았겠지? 내가 너를 얼마나 귀여워했는지 너도 잘 알잖아. 너는 사랑스러운 딸이었다. 내 배로 낳은 자식이 어떻게 사랑스럽지 않겠니. 마가 끼었던 거야. 용서해 주렴. 그때 나는 악마에게 사로잡혀 있었던 거야."

왕비의 그 애절한 모습이 주위 사람들의 눈시울을 적셨습니다.

기분이 우울해진 왕자는 공주에게 용서해 주자고 말했지만, 공주는 들은 척도 하지 않았습니다. 왕비를 고문하라고 명령하자, 즉시 쇠구두가 숯불 위에 올려졌습니다.

잠시 후 집행관이 두 개의 부젓가락으로 쇠구두를 집어 들고 왕비 앞으로 다가갔습니다. 왕비가 울면서 사정했지만 소용없었습니다. 왕비의 발에는 새빨갛게 달구어진 쇠구두가 강제로 신겨졌습니다.

쇠구두는 중세 유럽에서 마녀를 고문할 때 자주 사용하던 도구였습니다. 죄수에게 새빨갛게 달구어진 쇠구두를 신기고, 해머로 그 구두를 찌그러뜨리는 지옥 같은 처참한 장면이 연출되었다고 합니다. 특히 16세기 말에 스코틀랜드의 왕 제임스

6세가 이 기구를 이용해서 마녀사냥을 했다는 이야기는 유명합니다.

살이 타는 냄새가 진동하는 가운데, 왕비는 마치 춤을 추듯 정신없이 뛰었습니다. 그리고 마침내 지친 듯 그 자리에 힘없이 쓰러지고 말았습니다.

백설공주는 테이블 위에 차려진 음식을 먹으며 불에 달구어진 쇠구두를 신고 정신없이 뛰는 어머니를 냉정한 눈길로 바라보았습니다.

작품 해설

1) 원본 동화

① 작가와 시기

〈백설공주〉의 가장 이른 형태는 1812년 그림 형제가 발표한 《그림 동화집》 초판에 수록된 버전으로 전해진다. 그림 형제는 당시 독일 각지에서 전해지던 구전 민담을 채록·편집하였으며, 그 과정에서 잔혹하거나 음울한 요소를 그대로 반영한 것이 초판의 특징으로 알려져 있다.

② 요약 줄거리

백설공주는 왕비의 질투로 인해 자칫 사냥꾼의 손에 죽을 위기에 처하지만, 다행히 살아나 일곱 난쟁이의 집에서 지내게 된다. 그러나 이후에도 변장한 왕비가 건넨 가슴 끈, 독을 바른 빗으로 생명을 위협받다가 끝내는 독사과를 먹고 죽는다.

난쟁이들은 백설공주의 시체를 유리관 속에 안치하는데, 근처를 지나던 병적인 시체 애호가인 왕자가 그것을 보고 백설공주의 미모에 매혹되어 유리관을 자신의 성으로 가져간다.

어느 날 시종이 백설공주의 시체를 들어 올리다 떨어뜨리는 바람에 목구멍에 걸려 있던 독사과 조각이 튀어나오고, 백설공주는 다시 숨을 쉬게 된다. 깨어난 백설공주는 왕자와 결혼하고, 왕비는 새빨갛게 달구어진 쇠구두를 신고 정신없이 뛰어다니다가 최후를 맞는다.

2) 대중판 동화

① 작가와 시기

그림 형제는 1857년에 《그림 동화집》 제7판을 출간하면서 〈백설공주〉의 내용을 대폭 수정하였다. 이 판본이 오늘날 널리 알려진 '정화된' 버전으로, 이후 20세기 초 디즈니 애니메이션 〈백설공주와 일곱 난쟁이〉(1937) 등을 통해 전 세계적으로 대중화되었다.

② 요약 줄거리

1857년 판에서는 왕자의 행동이 윤리적이며 낭만적인 방향으로 바뀌었다. 왕자는 숲속에서 백설공주의 유리관을 우연히 발견하고, 그녀의 아름다움에 감동하여 난쟁이들에게 '그녀를 영원히 존경하고 싶다.'는 이유로 관을 선물로 요청한다. 이때 운반 도중에 하인 중 한 명이 실수로 관을 떨어뜨리자, 백설공주의 목구멍에서 독사과 조각이 튀어나오며 그녀가 살아난다. 이후 왕자와 백설공주는 사랑에 빠져 결혼하며, 사악한 왕비는 결혼식에 초대되어 달군 쇠구두를 신고 죽을 때까지 춤추는 형벌을 받는 것으로 마무리된다. 이 수정된 판에서는 왕자의 '시체 애호적'인 묘사가 완전히 사라지고, 사랑의 힘과 선의가 강조되는 도덕적 교훈 구조로 재편되었다.

3) 원본과 대중판의 차이점

원본은 인간의 욕망과 죽음, 질투와 소유를 사실적으로 다룬 민속적 이야기의 성격을 지녔던 반면, 대중판은 도덕적 교훈과 낭만적 사랑을 강조하는 가족용 동화로 바뀌었다.

4) 참고 사항

초판 〈백설공주〉는 근대 독일의 민속적 세계관과 사회적 금기 의식을 반영하고 있으며, 19세기 후반 이후 아동 교육용으로 간주하면서 점차 순화되었다고 전해진다.

노간주나무

Der Wacholderbaum

아주 오래전에, 그러니까 거의 2천 년도 더 전에 일어난 일입니다.

어느 부자 남편이 아름답고 정숙하며 신앙심이 깊은 부인과 살고 있었습니다. 그들 부부는 서로를 무척 사랑했습니다. 단 하나 아쉬운 것이 있다면, 아이를 가지길 간절히 원했으나 자녀가 없다는 것이었습니다. 부인은 밤낮으로 기도를 드렸지만 어쩐 일인지 아이가 좀처럼 생기지 않았습니다.

그들의 집 앞마당엔 노간주나무 한 그루가 서 있었는데, 어느 겨울날 부인이 그 노간주나무 아래에서 사과를 깎다가 그만 손가락을 베고 말았습니다.

피가 눈 위에 뚝뚝 떨어졌습니다.

"아얏!"

부인은 외마디 비명을 지르고 나더니 깊은 한숨을 쉬었습니다.

자신 앞에 떨어진 핏방울들을 보고 있다 보니 마음이 매우 슬퍼졌던 겁니다.

"아! 피처럼 붉고, 눈처럼 새하얀 아이가 있다면 얼마나 좋을까!"

그 말을 내뱉고 나니, 웬일인지 마음이 밝아지면서 좋은 일이 생길 것 같은 느낌이 들었습니다.

부인은 한참 동안 노간주나무를 바라보다 집 안으로 들어갔습니다.

그렇게 한 달이 지나자, 쌓여 있던 눈도 다 녹았습니다.

두 달이 지나자, 만물이 초록으로 변했습니다.

석 달이 지나자, 사방에서 꽃들이 다시 꽃을 피우기 시작했습니다.

넉 달이 지나자, 숲에 있는 나무들에 물이 오르고 초록빛 가지들이 서로 뒤엉켰습니다. 그뿐 아니라 새들이 노래하면서 이 가지 저 가지로 옮겨 다녔고, 일찍 핀 꽃들이 떨어지기도 했습니다.

다섯 달이 지났을 때, 부인은 노간주나무 아래에 서서 달콤한 향기를 맡으며 가슴 벅차했습니다. 그러다가 달콤한 향기에 취한 나머지 자신도 모르게 무릎을 꿇고 앉았습니다.

여섯 달이 지나면서는 열매들이 커지더니 차츰 단단하게 영글어 갔습니다.

일곱 달이 지난 어느 날, 부인은 '노간주나무 열매'들을 따다 맛나게 먹었습니다. 그런데 갑자기 울적한 기분에 사로잡혀 말이 없어지는가 싶더니 급기야는 자리에 몸져눕고 말았습니다.

그리고 여덟 달이 지난 어느 날에는 부인이 남편을 부르더니 흐느껴 울며 말했습니다.

"제가 죽거든 노간주나무 아래에 묻어주세요."

그 말을 한 뒤로 부인은 아홉 달이 지나갈 때까지 근심 걱정에서 벗어난 듯 하루하루를 편안하고 행복하게 보냈습니다.

그리고 마침내 부인은 눈처럼 하얗고 피처럼 붉은 아이를 낳았습니다. 그런데 애석하게도 아이를 들여다본 부인은 너무나 감격한 나머지 그만 죽고 말았습니다.

남편은 부인이 말한 대로 노간주나무 아래에다 부인을 묻어준 다음 애달프게 울었습니다.

얼마 후 남편은 기운을 찾긴 했지만, 그래도 슬픔을 주체할 수 없을 때마다 울음을 터뜨리곤 했습니다.

그러다가 좀 더 시간이 흐르고 어느 정도 마음이 안정되자, 새로운 사람을 아내로 맞이했습니다.

남편은 이 두 번째 아내와의 사이에서 딸을 하나 두었습니다.

이때 그와 첫 번째 아내 사이에서 낳은 아이는 이미 꼬마 소년으로 자랐습니다. 소년은 피처럼 붉고 눈처럼 하얬습니다.

새엄마는 자신의 딸을 볼 때면 사랑이 샘솟았지만, 이 꼬마 소년을 볼 때면 심장이 베이는 듯하면서 마음이 언짢았습니다. 이 소년이 자신의 인생에 방해꾼이 될 거 같다는 생각이 자꾸 들었기 때문입니다. 사실, 새엄마는 어떻게 하면 부자 남편의 모든 재산을 자신의 딸에게 물려줄 수 있을까만 생각하고 있었으니까요.

드디어 악마가 새엄마의 마음속으로 들어가, 아들인 소년에 대해 좋지 않은 감정을 갖도록 부추겼습니다.

새엄마는 소년에게 몹시 잔인하게 굴었습니다. 소년이 눈앞에 있기만 하면 구석으로 떠미는가 하면, 주먹으로 쥐어박거나 발로 차기 일쑤였습니다.

소년은 늘 불안에 떨면서 지냈습니다. 학교에서 집으로 돌아와도 마음 붙일 곳이 없었습니다.

어느 날 새엄마가 2층 방으로 올라가는데, 그의 어린 딸이 쪼르르 따라가며 말했습니다.

"엄마, 나 사과 한 개만 주세요."

"그래, 내 새끼."

새엄마는 날카로운 철제 자물쇠가 달린 궤짝의 뚜껑을 열더니 먹음직스러운 사과 한 개를 꺼내 주었습니다.

"엄마, 하나만 더 줘요. 오빠한테 주게."

어린 딸이 말했습니다.

이 말을 들은 새엄마는 화가 났지만, 애써 참으며 말했습니다.

"오빠가 학교에서 돌아오면 줄 테니, 어서 먹어."

그때 마침 창문을 통해 소년이 돌아오고 있는 것이 보였습니다. 이 순간을 놓치지 않고 악마가 새엄마에게 속삭였습니다.

악마의 말을 들은 새엄마는 딸에게 주었던 사과를 갑자기 낚아채며 말했습니다.

"오빠가 오기 전에 먹으면 안 돼!"

그리고는 그 사과를 커다란 궤짝 안에 던져넣고는 뚜껑을 닫아버렸습니다.

어린 소년이 문을 열고 들어오자, 악마는 상냥하게 말하라고 새엄마를 부추겼습니다.

"아들아, 사과 하나 먹을래?"

새엄마는 짐짓 상냥하게 말했지만, 표정은 험상궂었습니다.

"네, 하나 주세요. 그런데 어머니 눈빛이 무서워 보여요."

어린 소년의 말에 새엄마는 화가 치솟았습니다. 그러나 억지로라도 상냥한 척해야 한다고 생각했습니다.

"이리 와! 네가 직접 사과를 꺼내렴."

새엄마는 궤짝의 뚜껑을 열면서 애써 부드럽게 말했습니다.

눈처럼 새하얀 어린 소년이 궤짝 앞으로 다가갔습니다. 그리고 몸을 구부려 궤짝 안으로 고개를 숙였는데, 그때 악마가 다시 새엄마를 충동질했습니다.

순간, 새엄마가 뚜껑을 세차게 내리 닫았습니다.

"꽝!"

그러자 소년의 목이 잘리면서 새빨간 사과들 사이로 떨어졌습니다.

새엄마는 공포와 불안이 몰려오는지, 잠시 멈칫했습니다.

'이 일을 어쩌지……. 내가 살려면 이것이 내가 한 짓으로 보여선 안 돼!'

그러다가 새엄마는 부리나케 2층 자신의 방으로 달려가서, 서랍장 맨 위 서랍에서 새하얀 손수건을 꺼냈습니다.

하얀 손수건을 가지고 내려온 새엄마는 소년의 잘린 머리를 도로 목 위에 올려놓았습니다. 그리곤 아무도 눈치채지 못하게 손수건으로 목을 감싼 다음, 소년을 문 앞에 있던 의자에 앉혔습니다. 소년의 손에 사과도 하나 쥐여 주고서…….

얼마 후, 새엄마의 딸 마를렌이 부엌에 있는 엄마에게 왔습니다. 엄마는 불 옆에 서서 뜨거운 것이 끓고 있는 냄비 속을 연신 휘젓고 있었습니다.

"엄마, 오빠가 문 앞에 앉아 있는데 얼굴이 아주 창백해. 손에 사과를 쥐고 있어서, 한 입만 달라고 해도 아무 반응이 없고 말이야. 엄마, 나 너무 무서워."

마를렌이 말했습니다.

"다시 가 보거라. 이번에도 네 말에 대답하지 않거든, 따귀를 한 대 갈겨 봐."

엄마의 말을 들은 마를렌이 오빠에게 다시 가서 말했습니다.

"오빠! 사과 한 입만."

이번에도 오빠가 아무 대답을 하지 않자, 마를렌은 오빠의 따귀를 세게 쳤습니다. 그런데 순간 오빠의 머리가 바닥으로 떨어지는 것이었습니다.

공포에 질린 마를렌은 울고불고 난리를 치면서 엄마에게로 달려갔습니다.

"어, 어, 엄마! 나 때문에 오빠의 머리가 잘렸어요!"

마를렌은 아무리 달래도 소용없을 만큼 울고 또 울었습니다.

"마를렌! 도대체 뭔 짓을 한 거야? 하지만 이 말을 절대 입 밖에 내서는 안 돼. 아무도 몰라야 한다고! 달리 방법이 없으니, 그 애를 '블랙 푸딩'(순대처럼 생긴 소시지의 일종)으로 만들어야겠다."

엄마는 그렇게 말한 다음, 어린 소년을 들어다가 토막을 냈습니다. 그리고는 커다란 냄비에 넣고 끓여 블랙 푸딩으로 만들었습니다.

하지만 마를렌은 옆에 서서 계속 울기만 했습니다. 얼마나 울어대는지, 눈물이 모두 냄비 속으로 들어가서 소금을 칠 필요가 없을 정도였습니다.

그때 외출했던 아버지가 돌아와, 저녁을 먹으려고 식탁에 앉으며 말했습니다.

"어, 그 녀석은 어딨지?"

엄마는 들은 척도 하지 않고, 블랙 푸딩을 한 그릇 가득 담아 아버지 앞에 내놓았습니다.

마를렌은 계속 울기만 했는데, 멈출 기색이 좀처럼 보이지 않았습니다.

그때 아버지가 다시 물었습니다.

"그 녀석은 어디 있는 거야?"

"아, 걔 외할아버지댁에 갔어요. 거기서 한동안 있으려나 봐요."

엄마가 말했습니다.

"거긴 뭐하러? 나한테 한마디 말도 없었는데."

"몹시 가고 싶었던 모양이에요. 6주가량 있다 와도 되겠냐고 묻기에, 그러라고 했어요. 거기서 잘 보살펴 주실 거예요."

"아, 그래? 그래도 그러면 안 되는데. 나한테 말은 하고 갔어야지."

그렇게 말한 다음 아버지는 음식을 먹기 시작했습니다. 그러다가 다시 입을 열었습니다.

"마를렌, 넌 왜 계속 울어? 오빠가 보고 싶어서 그런 거야? 오빠는 얼마 있다가 돌아올 거니까, 뚝 그쳐."

그러고는 다시 음식을 먹고 나서 말했습니다.

"이 음식, 맛이 기가 막힌데! 조금만 더 줘."

아버지는 먹으면 먹을수록 입에 당기는지, 몇 번이나 더 달라고 했습니다.

"좀 더 줘. 이 음식은 꼭 나를 위해 태어난 음식 같은걸."

아버지는 뼈에 붙은 마지막 살점까지 말끔하게 발라먹고 나서야 식사를 끝냈고, 아버지가 살을 발라 먹고 남은 뼈들은 식탁 밑에 그대로 흩어져 있었습니다.

마를렌은 자기 방으로 가더니 화장대의 맨 아래 서랍에서 자신이 가장 아끼는 비단 머플러를 꺼내 왔습니다. 그리고는 식탁 아래에 흩어져 있는 뼈들을 모두 주워 모아 비단 머플러에 정성껏 싼 다음, 앞마당으로 나갔습니다.

마를렌은 눈물을 흘리면서 뼈를 노간주나무 밑에 놓았습니다. 그리고는 갑자기 마음이 편안해졌는지 울음을 멈췄습니다.

마를렌이 가만히 노간주나무를 바라보니, 나무가 움직이고 있었습니다. 가지들이 따로따로 벌어졌다가는, 마치 사람이 기뻐하며 손뼉을 치는 것처럼 하나로 모였습니다. 그와 동시에 엷은 안개가 나무에서 피어올랐고, 그 안개 한가운데에서 활활 타오르는 듯한 불꽃이 일었습니다. 그러더니 아름다운 새 한 마리가 그 불꽃에서 튀어나와 꾀꼬리 같은 소리로 노래를 부르다가 하늘 높이 날아가 버리는 것이었습니다.

새가 사라지자, 노간주나무는 다시 예전처럼 그대로 서 있었습니다. 하지만 뼈들을 싸놓은 비단 머플러는 어디로 갔는지 보이지 않았습니다.

그러나 마를렌은 신나고 즐거워했습니다. 오빠가 여전히 살아 있는 것 같은 느낌이 들었기 때문입니다.

마를렌은 가벼운 마음으로 집으로 들어가 식사를 했습니다.

식사 중에 잠깐 창밖을 바라보니, 좀 전에 날아갔던 그 새가 금 세공사의 가게 위 지붕에 내려앉아 노래를 부르기 시작했습니다.

"엄마는 나를 죽였고,
아빠는 나를 먹었네.
귀여운 여동생 마를렌이
내 뼈들을 모아 비단 머플러에 정성껏 싼 다음
노간주나무 아래에 놓아 주었네.
짹짹, 짹짹!
나는 얼마나 아름다운 새인가!"

금 세공사는 자신의 작업장에 앉아 금목걸이를 만들고 있었는데, 어딘가에서 새소리가 들려왔습니다. 가만히 귀 기울여 들으니, 가게 위 지붕에서 나는 것 같았습니다.

새소리가 얼마나 아름다운지, 금 세공사는 작업하던 손을 멈추고 벌떡 일어났습니다. 그리고는 소리 나는 쪽으로 급히 걸음을 옮기다가, 문턱에 걸려 구두 한 짝이 벗겨지고 말았습니다. 그러나 개의치 않고 한쪽 발엔 구두를, 다른 발엔 양말만 신고서 길 한복판으로 나갔습니다. 게다가 한 손엔 작업 중이던 금목걸이를, 다른 한 손엔 절단하는 공구를 쥐고 있는 데다 작업용 앞치마도 그대로 두르고 있는 모습이었습니다.

눈부시게 내리쬐는 햇살을 받으며 걷던 금 세공사는 새가 보이는 곳에 이르자 걸음을 멈췄습니다. 그리고는 지붕 위에 앉아 있는 새를 향해 말했습니다.

"새야, 네 노랫소리가 너무나 아름답구나! 그 노래를 한 번 더 들려주면 안 되겠니?"

"안 돼요. 저는 같은 노래를 두 번 부르지 않아요! 하지만 그 금목걸이를 준다면, 다시 불러줄 수도 있어요."

새가 말했습니다.

"그래? 그렇다면 이 금목걸이를 네게 주마. 여기 있다! 이제 노래를 다시 불러다오."

금 세공사가 금목걸이를 바닥에 내려놓으며 말했습니다.

그러자 새가 쏜살같이 내려와 오른쪽 발톱으로 금목걸이를 낚아채더니, 금 세공사의 앞에 앉아 노래를 부르기 시작했습니다.

"엄마는 나를 죽였고,

아빠는 나를 먹었네.
귀여운 여동생 마를렌이
내 뼈들을 모아 비단 머플러에 정성껏 싼 다음
노간주나무 아래에 놓아 주었네.
짹짹, 짹짹!
나는 얼마나 아름다운 새인가!"

새는 노래를 부른 다음 다시 어디론가 날아갔습니다.
새가 이번에 날아간 곳은 제화공의 집이었습니다.
그 집 지붕 위에 내려앉은 새가 노래를 불렀습니다

"엄마는 나를 죽였고,
아빠는 나를 먹었네.
귀여운 여동생 마를렌이
내 뼈들을 모아 비단 머플러에 정성껏 싼 다음
노간주나무 아래에 놓아 주었네.
짹짹, 짹짹!
나는 얼마나 아름다운 새인가!"

이 노래를 들은 제화공이 겉옷을 챙겨입고 문밖으로 나와, 따가운 햇볕을 두 손으로 가리면서 지붕 위를 올려다보았습니다.

"노랫소리가 정말 사람 마음을 흔드네."

구두 수선공은 그렇게 말하고 나서, 집 안을 향해 소리를 질렀습니다.

"여보! 당장 밖으로 나와 봐. 지붕 위에서 노래 부르는 새 좀 보라고. 노래를 정말 잘 불러."

그런 다음 그는 자신의 아이들과 도제공들도 부르고, 잔심부름하는 소년들과 소녀들도 불렀습니다. 그들 모두가 달려 나와 새를 바라보았습니다.

노랫소리뿐 아니라 아름다운 자태에 모두가 감탄했습니다. 빨간색과 초록색이 어우러진 깃털이 아주 화려했고, 두 눈은 마치 별처럼 반짝였습니다. 게다가 오른쪽 발에는 진짜 금목걸이까지 걸려 있는 것이었습니다.

"새야, 방금 부른 그 노래를 다시 한번 불러주지 않겠니?"

제화공이 말했습니다.

"싫어요. 같은 노래를 절대로 두 번 부르지 않아요. 혹시 선물을 준다면, 부를 수도 있지만요."

"여보! 가게 맨 위쪽 선반에 있는 빨간 구두 한 켤레를 얼른 가져와."

제화공의 아내가 가게 안으로 들어가서 그 구두를 가져왔습니다.

"여기 있다! 새야, 이제 우리에게 그 노래를 다시 불러줘."

제화공이 빨간 구두 한 켤레를 바닥에 놓으며 말했습니다.

그러자 새가 내려와 왼쪽 발톱으로 그 구두를 낚아채더니, 다시 지붕 위로 날아올랐습니다.

그리고 노래를 시작했습니다.

"엄마는 나를 죽였고,
아빠는 나를 먹었네.
귀여운 여동생 마를렌이
내 뼈들을 모아 비단 머플러에 정성껏 싼 다음
노간주나무 아래에 놓아 주었네.
짹짹, 짹짹!
나는 얼마나 아름다운 새인가!"

노래를 다 부른 다음, 새는 다시 어디론가 날아갔습니다. 오른쪽 발톱으로는 금목걸이를 쥐고, 왼쪽 발톱으로는 구두 한 켤레를 쥐고서…….

새가 이번에 날아간 곳은 방앗간이었습니다.

"덜커덩덜커덩, 덜커덩덜커덩, 덜커덩덜커덩."

물방아가 덜컹덜컹 돌아가는 방앗간에서는 스무 명의 일꾼들이 툭탁, 툭탁, 툭탁 소리를 내며 다 같이 맷돌을 돌리고 있었습니다.

그때 그 새가 포르르 날아오더니, 방앗간 앞에 서 있는 피나무 위에 앉아 노래를 부르기 시작했습니다.

"엄마는 나를 죽였고……."

그러자 일꾼 하나가 일손을 멈췄습니다.

"아빠는 나를 먹었네."

이번에는 일꾼 둘이 일손을 멈추고 그 노랫소리를 들었습니다.

"귀여운 여동생 마를렌이……."

다른 일꾼 넷이 일손을 멈췄습니다.

"내 뼈들을 모아 비단 머플러에 정성껏 싼 다음……."

이제 일하고 있는 사람은 여덟 명밖에 되지 않았습니다.

"노간주나무 아래에……."

또 다른 일꾼들이 다시 일손을 멈췄습니다.

"놓아 주었네."

이제 남은 사람은 딱 한 명뿐이었습니다.

"짹짹, 짹짹! 나는 얼마나 아름다운 새인가!"

마지막까지 남아 있던 사람도 일손을 멈추고 가만히 귀를 기울였습니다.

노래가 끝나자, 마지막까지 남았던 일꾼이 말했습니다.

"노랫소리가 참으로 아름답구나! 그 노래를 또 듣고 싶은데, 한 번만 더 노래해 주면 안 되겠니?"

"싫어요, 공짜로는 노래를 부르지 않아요. 하지만 그 맷돌을 주면, 다시 불러줄게요."

새가 말했습니다.

"그래? 하지만 맷돌은 다 같이 쓰는 거라서……."

마지막까지 남았던 일꾼이 힘없이 말하자, 다른 일꾼들이 말했습니다.

"괜찮아. 노래를 한 번 더 불러준다면, 맷돌을 줄 수도 있지."

그러자 그 새가 포르르 날아 내려왔습니다.

스무 명의 방앗간 일꾼들이 모두 달라붙어 그 맷돌을 들어 올리자, 새가 자신의 목을 그 맷돌 구멍에 집어넣었습니다. 맷돌이 목걸이처럼 새의 목에 걸쳐지자, 새는 다시 나무 위로 날아올랐습니다. 그리고는 노래를 부르기 시작했습니다.

"엄마는 나를 죽였고,
아빠는 나를 먹었네.
귀여운 여동생 마를렌이
내 뼈들을 모아 비단 머플러에 정성껏 싼 다음
노간주나무 아래에 놓아 주었네.
짹짹, 짹짹!
나는 얼마나 아름다운 새인가!"

노래를 다 부른 새는 오른쪽 발톱엔 목걸이를, 왼쪽 발톱엔 구두를 쥐었습니다. 그런 다음 목에다 맷돌을 걸고서 날개를 펄럭이며 자신의 아버지 집 쪽으로 날아갔습니다.

아버지와 새엄마 그리고 여동생 마를렌이 거실에 앉아 있었습니다.

아버지가 말했습니다.

"오늘은 왠지 기분이 좋고, 진짜 행복해!"

그러자 새엄마가 말했습니다.

"난 그렇지 않아요. 마치 폭풍우가 휘몰아칠 것처럼 불안해요."

하지만 마를렌은 가만히 앉아서 계속 눈물을 흘리고 있었습니다.

그때 어디선가 새 한 마리가 날아와 지붕에 자리를 잡고 앉았습니다.

아버지가 말했습니다.

"그래? 그런데 난 왜 이리도 기분이 좋을까. 바깥에서 비추는 햇볕도 따스하고, 살살 부는 바람도 마치 정든 옛 친구를 다시 만났을 때처럼 부드러워."

"난 불안해서 이빨까지 흔들리는 것 같고, 뜨거운 불꽃이 심장을 지지는 것만 같아."

새엄마는 불안으로 속이 타들어 가는지 얼굴을 찡그리며 옷깃을 풀어헤쳤고, 여전히 구석에 앉아서 울고 있는 마를렌은 좀처럼 울음을 그칠 기색을 보이지 않았습니다. 마를렌의 손에 쥐어진 손수건은 이미 흠뻑 젖어 있었습니다.

그때 지붕에 있던 새가 노간주나무 가지로 내려앉더니 노래를 부르기 시작했습니다.

"엄마는 나를 죽였고……."

그 순간 새엄마가 귀를 막고 두 눈을 감았습니다.

그 노래는 사나운 폭풍우처럼 귀를 후려치는 것 같았고, 번개가 치는 것처럼 강렬한 불꽃이 눈에서 일어나는 것 같았기 때문입니다.

"아빠는 나를 먹었네."

"아, 정말 아름다운 새야! 여보, 저 새소리 좀 들어봐. 어찌나 노래를 잘 부르는지, 따사로운 햇살처럼 포근하고 계피를 친 것처럼 향긋해."

아버지가 말했습니다.

"귀여운 여동생 마를렌이……."

그러자 마를렌이 무릎에 고개를 파묻은 채 계속 흐느꼈습니다.

그때 아버지가 말했습니다.

"나가 봐야지. 저 새를 좀 더 가까이서 보고 싶은걸."

"가지 말아요. 온 집에 불이 붙은 듯 흔들리는 느낌이 든단 말이에요."

새엄마가 말렸지만, 아버지는 밖으로 나가 그 새를 바라보았습니다.

"내 뼈들을 모아 비단 머플러에 정성껏 싼 다음
노간주나무 아래에 놓아 주었네.
짹짹, 짹짹!
나는 얼마나 아름다운 새인가!"

마침내 노래를 마친 새가 금목걸이를 떨어뜨렸습니다. 그런데 그게 정확히 아버지의 목에 딱 걸쳐지며 아름답게 반짝거리는 것이었습니다.

그러자 아버지가 집 안으로 들어가 말했습니다.

"저 새 좀 보라니까. 이렇게 멋진 금목걸이를 내게 주지 뭐야. 무척 귀여운 녀석이야!"

하지만 새엄마는 돌처럼 굳어지더니 쿵 하고 바닥에 쓰러졌습니다. 그 바람에 머리에 쓰고 있던 모자가 벗겨지고 말았습니다.

그러자 새가 다시 노래를 부르기 시작했습니다.

"엄마는 나를 죽였고……."

"저 소리를 안 들을 수 있다면, 천길 땅속으로라도 들어갈 텐데……."

새엄마가 신음하듯이 말했습니다.

"아빠는 나를 먹었네."

그러자 새엄마가 또다시 쓰러지더니, 죽은 사람처럼 꼼짝도 하지 않았습니다.

"귀여운 여동생 마를렌이……."

"아, 나도 나가 볼래. 저 새가 뭔가를 줄 것 같아."
마를렌이 이렇게 말하면서 밖으로 나갔습니다.

"내 뼈들을 모아 비단 머플러에 정성껏 싼 다음……."

노래를 부르던 새가 구두 한 켤레를 마를렌에게 떨어뜨렸습니다.

"노간주나무 아래에 놓아 주었네.
짹짹, 짹짹!
나는 얼마나 아름다운 새인가!"

마음이 밝아진 마를렌이 빨간 새 구두를 신고 집 안에서 폴짝폴짝 뛰며 춤을 추더니, 이렇게 말했습니다.

"밖에 나가기 전만 해도 무척 슬펐는데, 지금은 하늘을 날 것처럼 기분이 좋아졌어. 참 착한 새야. 나한테 이 빨간 구두 한 켤레를 선물로 주다니……."

"그래? 나는 지금 세상이 끝난 것만 같단 말이야! 밖으로 나가면 기분이 좀 좋아지려나……."

새엄마는 머리카락을 불꽃처럼 세워 올리더니, 마치 발바닥에 불이라도 붙은 듯 껑충껑충 뛰면서 문을 열었습니다.

새엄마가 밖으로 나가자마자 '쿵!' 하는 소리가 들렸습니다. 새가 목에 매달고 있던 맷돌을 엄마의 머리 위에 떨어뜨린 것입니다.

새엄마는 그 자리에서 죽고 말았습니다.

'쿵!' 하는 소리를 듣고 아버지와 마를렌이 밖으로 나가보니, 연기와 시뻘건 불꽃이 피어오르고 있었습니다.

그 불꽃이 사그라지자, 그 자리에 어린 소년이 서 있었습니다.

소년은 아버지와 마를렌의 손을 잡았습니다.

세 사람은 안도의 숨을 쉬며 집 안으로 들어갔습니다.

집으로 들어간 세 사람은 맛있게 식사를 하면서 행복해했습니다.

작품 해설

1) 원본 동화

① 작가와 시기

〈노간주나무(독일어: Der Wacholderbaum)〉는 그림 형제가 1812년에 간행한 《어린이와 가정의 동화집(Kinder-und Hausmärchen)》 제1권에 수록된 작품으로, 잔혹성과 상징성이 강하게 나타나는 초기 그림 형제 동화의 대표적인 예로 평가된다.

② 요약 줄거리

옛날에 한 부부가 살았는데, 그들 앞마당에는 노간주나무가 있었다. 어느 겨울날 아내는 그 나무 아래에서 사과를 깎다 손을 베었고, 그녀는 하얀 눈 위에 떨어지는 핏방울을 보며 '피처럼 붉고, 눈처럼 새하얀 아이를 갖고 싶다.'고 생각한다. 얼마 후 아내는 임신해서 소원대로 '피처럼 붉고, 눈처럼 새하얀' 아들을 낳지만 너무나 감격한 나머지 그만 죽고 만다.

남편은 다시 결혼하여 새 아내와의 사이에서 딸 마를렌을 낳는데, 그녀에게는 전처의 아들이 눈엣가시였다. 자기 딸만을 사랑한 그녀는 결국 아들을 사과 궤짝 쪽으로 유인해 목을 잘라 죽인다.

새 아내는 시체를 요리하여 남편에게 식사로 내놓고, 아무것도 모르는 아버지가 아들의 살점을 맛있게 먹는 끔찍한 광경을 목격한 마를렌은 눈물을 흘리며 오빠의 뼈를 비단 머플러에 정성껏 싸서 노간주나무 밑에 놓아둔다.

그러자 그곳에서 새 한 마리가 나타나 아름다운 노래를 부르며 마을을 돌아다닌다. 새는 금 세공사에게 금목걸이를, 제화공에게 빨간 구두 한 켤레를, 방앗간에서는 맷돌을 받아 집으로 돌아온다. 그 후 새는 아버지에게 금목걸이를, 마를렌에게 빨간 구두를 선물로 준 다음, 새엄마 머리 위에 맷돌을 떨어뜨려 죽인다. 그 자리에서 피어오르던 연기와 불길이 사그라지자 되살아난 소년이 나타난다.

2) 대중판 동화

① 작가와 시기

식인 장면 등 이야기가 잔혹하다는 이유로, 19세기 후반 이후의 편집자들과 그림 형제 자신이 일부 내용을 완화하여 수정한 판이 등장했다. 특히 1857년 최종판에서는 살해와 식인의 묘사를 간략하게 줄였고, 동화집 재간행판이나 아동용 번안서에서는 완전히 다른 교훈적 결말로 각색되었다.

② 요약 줄거리

이후의 대중판에서는 전처의 아들이 계모에게 미움을 받아 불행을 겪지만, 죽음이나 식인 장면은 생략되고 상징적으로 처리된다. 계모는 아이를 속이거나 학대하다가 결국 자신이 벌을 받는 정도로 묘사된다.

아이의 죽음 대신, 그가 숲속의 새로 변해 집으로 돌아와서 가족을 화해시키는 상징적 전환으로 마무리되는 경우도 보인다. 또는 일부 번안판에서는 소년이 단지 집을 떠났다가 다시 돌아오는 이야기로 바뀌어 '가족 간의 사랑'과 '용서'를 강조하는 형태로 전개된다.

3) 원본과 대중판의 차이점

원본에서는 모성의 상징(노간주나무), 식인, 부활, 형벌이라는 종교적 의미가 강조된다. 계모의 살인과 시체 요리는 중세 민담 전통의 잔혹한 인신제의(人身祭儀) 요소를 반영한 것이다.

반면 대중판에서는 폭력성과 잔혹성 제거, 가족의 화해를 강조하는 등 교훈적 요소 강화가 두드러진다. 소년의 부활은 용서와 사랑으로 재결합하는 가족의 상징으로 변형된다.

4) 참고 사항

북유럽 신화와 기독교적 부활 서사가 혼합된 형태의 작품으로 평가된다. '죽임을 당한 아이가 새로 변하여 노래로 진실을 밝히고 복수한다.'는 모티프는 고대 인도·켈트·게르만 신화에서도 발견된다.

Bertall

인어공주

Den lille Havfrue

저 멀리 보이는 바다는 사랑스러운 수레국화(cornflower) 꽃잎처럼 푸르고, 깨끗한 유리만큼이나 투명합니다. 그러나 그곳은 짐작할 수 없을 만큼 깊어서 아무리 긴 닻줄을 풀어도 바닥에 닿지 않으며, 세상에 있는 수많은 교회 종탑을 아무리 높이 쌓아도 모자랄 정도입니다.

우리는 바다 바닥이 하얀 모래밭일 거라고 상상하지만, 그곳에서는 신기한 꽃과 식물들이 자라고 있습니다. 식물의 줄기와 잎들이 어찌나 유연한지 물살이 조금만 일어도 살아 있는 것처럼 살랑거립니다. 그리고 새들이 나무들 사이로 날아다니듯, 바닷속 식물들 사이로는 크고 작은 갖가지 물고기들이 헤엄쳐 다닙니다.

이런 식물과 물고기가 사는 바닷속 가장 깊은 곳에는 용왕이 사는 용궁이 있습니다. 성벽은 산호로 되어 있고, 길고 뾰족한 창문들은 투명한 호박으로 되어 있습니다. 또 지붕은 물이 밀려들 때마다 저절로 열렸다 닫혔다 하는 조가비로 되어 있으며, 조가비마다 들어있는 빛나는 진주는 여왕의 왕관이 될 만큼 아름답습니다.

그곳에 사는 용왕은 오래전에 아내를 잃고 혼자 살고 있었으며, 용왕의 늙은 어머니가 살림을 돌보았습니다. 용왕의 어머니는 매우 현명했지만, 자신이 왕족 출신인 것에 지나치다 싶을 만큼 자부심이 강했습니다. 그래서 자신의 꼬리에 열두 개의 진주조개를 달아 과시하면서도 다른 귀부인들에게는 오직 여섯 개만 달도록 허용했습니다. 그런데도 용왕의 어머니는 찬사와 존경을 받았습니다. 무엇보다도 나이 어린 바다의 공주들에게 쏟는 정성이 눈물겨울 정도로 대단했기 때문입니다.

사랑스러운 공주가 여섯 명 있었는데 그중에서 막내가 제일 어여뻤습니다. 막내 공주의 피부는 장미 꽃잎처럼 부드럽고 맑았으며, 눈동자는 깊은 바다처럼 파란빛이었습니다. 하지만 언니들처럼 발이 없었고, 대신 몸 끝에 물고기의 꼬리가 달려 있었습니다.

공주들은 온종일 바닷속 용궁의 거대한 홀이나 벽에서 자라는 꽃 속에서 놀았습니다. 우리가 창문을 열면 제비들이 날아 들어오듯이, 커다란 호박 창문이 열리면 물고기들이 떼를 지어 헤엄쳐 들어왔습니다. 그러면 공주들은 물고기에게 먹이도 주고 등을 쓰다듬어 주면서 귀여워했습니다.

궁전 바깥에 있는 정원에는 선홍색과 검푸른 색의 꽃들이 자라고 있었고, 과일들은 황금빛으로 빛났으며, 나뭇잎과 줄기들은 물결을 따라 끊임없이 살랑거렸습니다. 바닥에는 아주 고운 모래가 깔려 있었지만, 그 모래는 유황의 불길처럼 푸른색을 띠고 있었습니다. 그런가 하면 특이하게 푸른빛이 모든 것에 드리워져 있었고, 그 빛을 통해 검푸른 바다 대신 파란 하늘이 보였습니다. 바다가 잔잔할 때면 해님을 볼 수 있었는데, 푸른 물결을 통해 보이는 해님은 마치 꽃받침에서 흘러나오는 빛을 품은 붉은 꽃처럼 눈부시게 아름다웠습니다.

공주들은 정원 안에 각기 자기들만의 구역이 있어서 마음대로 땅을 파서 좋아하는 꽃이나 식물을 심을 수 있었습니다. 꽃밭을 고래 모양으로 만든 공주가 있는가 하면, 작은 인어 모양으로 만든 공주도 있었습니다. 하지만 막내 공주는 꽃밭을 해님처럼 둥글게 만들고, 해가 서쪽으로 기울 때의 햇살만큼이나 붉은 꽃들만 심었습니다.

막내는 조용하고 생각이 깊었습니다. 언니 공주들은 난파한 배에서 주워 온 진기한 물건들을 가져다가 저마다의 방식으로 꾸몄지만, 막내는 해님처럼 붉고 예쁜 꽃과 아름다운 대리석 조각을 제외하고는 아무것도 가져다 놓지 않았습니다. 그 조각은 배가 침몰하면서 저 바다 밑으로 내려온 것인데, 눈처럼 흰 돌로 조각된 아름다운 소년 상(像)이었습니다.

막내 공주는 조각상 옆에 장밋빛 수양버들을 심었습니다. 얼마 후 수양버들에서는 싱싱한 가지가 뻗어나 조각 위에 그늘을 드리웠고, 푸른 모랫바닥에 닿을 정도로 가지를 축축 늘어뜨렸습니다. 나뭇가지가 흔들릴 때마다 그림자는 보랏빛을 띠었고, 늘어진 나뭇가지가 나무뿌리를 간질이는 모습은 마치 서로에게 관심을 표하는 연인처럼 보였습니다.

막내 공주는 바다 위에 있는 인간 세계의 이야기를 무척 좋아했습니다. 공주가 할머니를 조르면 할머니는 배와 도시, 인간과 동물 등에 대해 알고 있는 모든 것을 이야기해 주었습니다. 할머니의 이야기는 너무나 흥미진진했습니다. 하지만 꽃들이 향기를 풍긴다는 이야기를 듣고는 고개를 갸웃거렸습니다. 바닷속 꽃들은 그렇지 않았기 때문입니다. 또 숲들이 초록색이라는 것과 나무들 사이로 보이는 '물고기'들이 달콤하게 노래를 부른다는 것도 참으로 신기했습니다. 할머니는 나무들 사이를 날아다니는 새를 물고기라고 불렀습니다. 새를 한 번도 본 적이 없는 공주를 쉽게 이해시키기 위해서였습니다.

"너희들이 열다섯 살이 되면 바다 위로 나갈 수 있게 된단다. 달빛이 비치는 바위 위에 앉아 지나가는 큰 배들을 지켜볼 수 있지. 그리고 숲과 도시도 볼 수 있단다."

할머니가 공주들에게 말했습니다.

다음 해가 되면 제일 큰 공주가 열다섯 살이 됩니다. 하지만 공주들은 모두 한 살 터울이었기 때문에 막내 공주가 바다에 나가 세상을 보려면 5년을 더 기다려야 했습니다. 바다 밖에 나가는 공주들은 자기가 본 것과 가장 아름답다고 생각하는 것을 다른 공주들에게 이야기해 주기로 약속했습니다. 할머니가 이야기해 준 것 외에도 궁금한 게 많았기 때문입니다.

바다 밖으로 나갈 차례를 제일 손꼽아 기다리는 공주는 막내였습니다. 막내 공주는 밤마다 창문을 열고 창가에 서서 검푸른 물을 통해 저 바다 위를 올려다보곤 했습니다. 그럴 때면 물고기들이 지느러미와 꼬리를 움직이며 물을 튀겼습니다. 검푸른 물을 통해 본 달과 별은 희미했지만, 우리 눈에 보이는 것보다 더 크게 보였을 겁니다. 그리고 어쩌다가 검은 구름 같은 것이 그 아래를 스쳐 지나갈 때면 공주는 그것이 고래이거나 많은 사람을 태운 배일 거라고 생각했습니다. 배에 탄 사람들은 바닷속에서 작고 아름다운 인어공주가 배를 향해 하얀 손을 내밀고 서 있으리라고는 상상도 하지 못했을 겁니다.

드디어 제일 큰 공주가 열다섯 살이 되어 바다 위로 올라가게 되었습니다. 큰언니는 집으로 돌아오자 많은 이야기를 해주었습니다. 그중에서도 달빛을 받으며 고요한 바닷가 모래 언덕에 앉아 있는 것이 가장 황홀했다고 말했습니다. 수백 개의 별

같은 불빛들이 반짝이는 휘황찬란한 큰 도시, 음악과 마차와 사람들의 소리 그리고 교회 종탑에서 울려 퍼지는 경쾌한 음악 소리는 가까이 가서 볼 수 없었기 때문에 더더욱 아름답게 느껴졌다고 했습니다.

막내 공주는 귀를 쫑긋 세우고 언니의 이야기를 열심히 들었습니다. 막내 공주는 그곳에 가 볼 수 없는 것이 무척 안타까웠습니다. 그 후 막내 공주는 창가에 서서 검푸른 물결을 통해 위를 올려다볼 때면 떠들썩한 큰 도시를 상상했습니다. 그러면 교회 종소리가 바다 밑까지 울려 퍼지는 것만 같았습니다.

그다음 해에는 둘째 공주가 바다 위로 올라갔습니다. 둘째 공주가 바다 위로 떠올랐을 때는 마침 해가 지고 있었습니다. 황금빛으로 물든 하늘에 보랏빛과 장밋빛 구름이 두둥실 떠가고 있었는데, 그 광경이 너무나 놀라웠습니다. 그런가 하면 흘러가는 구름보다 더 빠르게 날아가는 한 무리의 백조도 그 모습이 매우 인상적이었습니다. 마치 하얗고 거대한 베일이 바다 위에 흔적을 남기면서 지는 태양을 향해 날아가는 것 같았으니까요. 둘째 공주는 태양을 향해 헤엄쳐 갔습니다. 그러나 태양은 이내 바닷속으로 가라앉아 버렸고, 바다와 구름을 물들였던 장밋빛도 순식간에 어디론가 사라지고 말았습니다.

이번에는 자매 중에서 가장 용감한 셋째 공주가 바다 위로 나갈 차례였습니다. 셋째는 바다로 흘러드는 넓은 강을 따라 헤엄쳐 올라갔습니다. 포도 넝쿨이 우거진 푸른 언덕이 멀리 보였고, 늠름하게 서 있는 나무들 사이로는 궁전과 대저택들이 언뜻언뜻 보였습니다. 숲속에서는 새들이 지저귀는 소리도 들렸습니다. 햇볕이 얼마나 뜨거운지, 셋째는 얼굴을 식히려고 물속을 들락거렸습니다. 좁은 냇가에서는 인간의 아이들이 발가벗고 첨벙첨벙 물장구를 치며 놀고 있었습니다. 공주는 아이들과 함께 놀고 싶어서 다가갔지만, 아이들은 커다란 물고기를 보고 놀라서 도망가 버렸습니다. 그때 작고 검은 동물이 다가왔습니다. 개였습니다. 하지만 공주는 개를 본 적이 없었기 때문에 그것이 무엇인지 알지 못했습니다. 개는 공주를 보더니 갑자기 사납게 짖어댔습니다. 너무 놀라서 간이 콩알만 해진 공주는 얼른 바닷속으로 돌아오고 말았습니다. 그러나 공주는 찬란한 숲과 푸른 언덕, 물고기 꼬리가 없이도 헤엄칠 수 있는 귀여운 아이들의 모습을 오래도록 잊을 수가 없었습니다.

다음 해에는 넷째 공주의 차례가 되었습니다. 겁이 많은 넷째 공주는 바다 한가운데에서 시간을 보냈습니다. 그러나 그곳도 육지 못지않게 아름다웠습니다. 저 멀리 수평선이 보였고, 그 위로 유리로 만든 종처럼 펼쳐진 하늘도 보였으며 지나가는 배들도 보였습니다. 먼 곳을 지나가는 배들은 마치 날아가는 한 떼의 갈매기처럼 보였습니다. 여기저기서 돌고래들이 즐겁게 재주를 넘었고, 거대한 고래들은 콧구멍으로 물을 뿜어대며

셀 수 없이 많은 분수를 만들었습니다.

이제 다섯째 공주의 차례가 왔습니다. 그 공주의 생일은 마침 겨울이어서, 다른 언니들이 본 것을 하나도 보지 못했습니다. 대신에 새파란 바다에서는 진주처럼 새하얀 빙산들이 빛을 발하며 여기저기 둥둥 떠다니고 있었습니다. 공주는 가장 큰 빙산 위로 올라가서 앉았습니다. 긴 머리를 바람에 흩날리며 앉아 있는 공주의 모습을 본 항해사들은 겁을 집어먹었는지 부리나케 배를 몰아 도망치듯 지나쳐갔습니다. 저녁이 되자 검은 구름이 하늘을 뒤덮더니 천둥과 번개가 몰아쳤습니다. 거대한 파도가 일어 빙산들이 위로 치솟으며 요동칠 때마다 붉은 번갯불이 빙산을 발갛게 물들였습니다. 배들은 무서워서 돛을 말아 올렸지만, 공주는 떠다니는 빙산 위에 앉아 들쭉날쭉 내리치는 붉은 번갯불을 조용히 구경하고 있었습니다.

공주들은 열다섯 살이 되어 바다 위로 올라갈 수 있게 되었을 때, 신기하고 아름다운 것들을 보고 처음에는 황홀해서 어쩔 줄 몰라 했습니다. 하지만 이제 아무 때나 바다 위로 나갈 수 있게 되자 점점 흥미를 잃었습니다. 그리고 이제는 어디든 밖으로 나가면 얼른 바다로 돌아오고 싶어 했고, 바닷속 집이 가장 아름답고 편하다고 이구동성으로 말하곤 했습니다.

그래도 저녁이 되면 다섯 공주는 서로 손을 잡고 줄을 지어

가끔 물 위로 올라가곤 했습니다. 공주들의 목소리는 인간의 목소리와는 비교할 수도 흉내 낼 수도 없을 정도로 아름다웠습니다. 폭풍우가 몰아쳐 배가 침몰할 것 같으면 공주들은 배로 다가가 바닷속 깊은 곳에 있는 아름다운 것들에 대해 노래했습니다. 배가 가라앉더라도 두려워하지 말라고 말입니다. 하지만 선원들은 인어공주들이 부르는 노랫소리를 듣지 못했습니다. 노랫소리를 그저 폭풍이 윙윙거리는 소리라고 착각할 뿐이었습니다. 그리고 배가 침몰해도 모두 익사해서 시체가 되어 용궁에 도착했기 때문에 바닷속의 아름다운 광경을 구경하지 못했습니다.

언니들이 모두 다정하게 손을 잡고 물 위로 올라가고 나면 막내 공주는 그런 언니들의 뒷모습을 보면서 혼자 남아 있어야 했는데, 그때마다 울고만 싶어졌습니다. 하지만 인어에게는 눈물이 없었기 때문에 울 수도 없어 그저 마음 앓이만 할 뿐이었습니다.

'아, 나도 빨리 열다섯 살이 되었으면! 그러면 저 위에 있는 세상과 그곳 사람들을 사랑하게 될 텐데.'

시간이 흘러 마침내 막내 공주가 열다섯 살이 되었습니다.

"자, 이제 너도 다 컸구나. 이리 와라. 언니들처럼 치장을 해야지."

할머니가 막내 공주를 보고 대견해 하며 말했습니다.

할머니는 흰 백합 화환을 만들어 막내 공주의 머리에 씌워주었습니다. 화환의 꽃잎 하나하나는 하얀 진주였습니다. 할머니는 또 높은 신분이란 표시로 여덟 개의 큰 진주조개를 공주의 꼬리에 달아주었습니다.

"너무 아파요!"

막내 공주가 소리를 질렀습니다.

"아름답게 보이려면 참아야지."

오, 이 거추장스러운 치장들을 떼어 버리고 무거운 화환도 벗어 버리면 얼마나 홀가분할까! 공주에게는 차라리 정원에 핀 붉은 꽃을 다는 게 훨씬 어울렸을 것입니다. 하지만 공주는 할머니가 시키는 대로 할 수밖에 없었습니다.

"잘 다녀올게요."

드디어 막내 공주는 인사를 하고 거품처럼 가볍게 물 위로 떠올랐습니다. 공주가 물 위로 고개를 내밀었을 때는 막 해가 지고 있었습니다. 노을빛에 물든 구름이 장미꽃처럼 붉었고, 저녁별들은 어스름한 황혼빛에 아름답게 반짝였습니다. 바다는 무척 평온했으며, 공기는 신선하고 따뜻했습니다.

바다 위에는 세 개의 돛대를 가진 커다란 배가 떠 있었는데, 바다가 바람 한 점 없이 잔잔했기 때문인지 돛은 한 개만 펼쳐져 있었습니다. 선원들이 갑판 위에 한가롭게 앉아 있는 배에서는 노래가 흘러나왔습니다. 곧이어 어둠이 밀려들자 배에 수없이 많은 등불이 밝혀졌습니다. 마치 공중에서 만국기가 펄럭이는 것처럼 화려했습니다.

막내 인어공주는 선실 창문 쪽으로 헤엄쳐 갔습니다. 파도가 일렁여 몸이 치켜 들릴 때마다 맑은 유리창 안이 들여다보였습니다. 선실 안에는 화려한 옷을 입은 사람들이 많았는데, 그중에는 크고 검은 눈을 가진 젊은 왕자도 있었습니다. 사람들 사이에 섞여 있는 왕자는 눈에 띄게 아름다웠습니다.

그날은 마침 왕자가 열여섯 살이 되는 날이어서 생일잔치가 벌어지고 있었습니다. 선원들은 갑판 위에서 춤을 추다가, 왕자가 선실 밖으로 나오자 수백 개의 불꽃을 쏘아 올렸습니다. 그 빛에 의해 바다가 대낮처럼 환해지자 인어공주는 깜짝 놀라 물속으로 얼른 몸을 감췄습니다.

공주가 다시 고개를 내밀었을 때는 불꽃들이 금방이라도 쏟아져 내릴 것처럼 하늘을 수놓고 있었습니다. 인어공주는 지금까지 한 번도 불꽃을 본 적이 없었습니다. 거대한 해들이 사방으로 불꽃을 튀기고 화려한 불꽃 물고기가 푸른 하늘로 날아올라 둥둥 떠다니는 것 같았습니다. 이 모든 것들이 잔잔한 바닷물에 거울처럼 반사되어 비추자, 배에 있는 아주 작은 밧줄까지도 선명하게 눈에 들어왔습니다. 감미로운 음악이 맑은 밤하늘에 울려 퍼지는 가운데 사람들과 악수하면서 미소 짓는 왕자가 얼마나 멋지고 아름다운지!

밤이 깊어갔습니다. 그러나 인어공주는 배에서, 아니 아름다운 왕자에게서 눈을 뗄 수가 없었습니다. 화려한 등불이 모두 꺼지고 불꽃도 더는 공중으로 날아오르지 않았으며 폭죽도 더는 터지지 않았습니다. 하지만 바닷속 깊은 곳에서 우르르 쾅쾅하는 소리가 들려왔습니다.

인어공주는 아직도 선실 창문 곁을 떠나지 못하고 출렁거리는 파도에 몸을 맡긴 채 배 안을 들여다보았습니다.

잠시 후, 돛이 활짝 펴지더니 웅장한 배가 속도를 내기 시작했습니다. 그때 거친 파도가 높이 솟고 검은 구름이 몰려왔으며, 멀리서 번개가 번쩍거렸습니다. 곧 어마어마한 폭풍이 불어닥칠 기세였습니다. 선원들은 재빨리 돛을 접어 올리기 시작했습니다. 거대한 배는 성난 파도를 헤치며 계속 달렸습니다. 파도가 산처럼 높게 일어 금방이라도 돛대를 덮칠 것 같았지만, 배는 백조처럼 높은 파도 사이로 가라앉았다가 다시 파도를 타고 높이 솟아오르곤 했습니다.

이런 광경이 인어공주에게는 재미있는 놀이처럼 보였습니다. 하지만 선원들은 위험을 느끼고서 우왕좌왕했고, 마침내 배가 신음 소리를 내며 삐걱거리기 시작했습니다. 그러더니 두꺼운 선판이 강한 물살에 부서지고 큰 돛대가 갈대처럼 힘없이 부러졌습니다. 순간 배가 한쪽으로 기울면서 물이 와르르 쏟아져 들어갔습니다.

인어공주는 그제야 사람들이 위험하다는 것을 깨달았습니다. 그러나 사방이 칠흑처럼 어두워서 아무것도 보이지 않았기 때문에 인어공주도 이리저리 제멋대로 떠다니는 배 파편에 부딪히지 않도록 조심해야 했습니다.

그때 다시 번개가 치면서 사방이 환하게 드러났습니다. 선원들은 침몰하려는 배를 지키려고 안간힘을 쓰고 있었습니다. 그런데 왕자의 모습이 보이지 않는 것이었습니다. 인어공주는 그때야 배가 두 동강 날 때 왕자가 깊은 바닷속으로 가라앉던 광경이 떠올랐습니다. 인어공주는 순간적으로 왕자와 함께 있게 될 것이라는 생각이 들어 몹시 기뻤습니다. 하지만 이내 인간은 물속에서 살 수 없다는 생각이 떠올랐습니다. 왕자가 용궁에 도착할 때쯤에는 이미 죽어 있을 것이 분명했습니다.

'왕자를 죽게 내버려 둘 순 없어.'

인어공주는 이렇게 생각하며 어지럽게 널려 있는 배 조각들을 헤치고 왕자를 찾아 헤맸습니다. 잘못하여 배 조각에 부딪히면 자신이 산산 조각날 수도 있다는 사실도 잊은 채 말입니다.

인어공주는 바닷속으로 들어가 파도를 뚫고 이리저리 헤맨 끝에 어렵게 왕자를 찾아냈습니다. 왕자는 모진 폭풍우 속에서 허우적대느라 기진맥진해 있었습니다. 팔다리는 축 늘어져 있었고, 아름다운 두 눈은 감겨 있었습니다. 만약 인어공주가 그를 발견하지 않았다면 왕자는 그 상태에서 죽고 말았을 것입니다.

인어공주는 왕자의 머리를 물 밖으로 나오도록 하려고 한쪽 팔로 그를 떠받치고서 파도가 움직이는 대로 바다를 표류했습니다.

아침이 되자 바다는 다시 평온해졌습니다. 배는 흔적 없이 사라지고 말았습니다. 태양이 솟아올라 바다를 붉게 물들였으며 왕자의 두 뺨도 햇빛을 받아 발그레해졌습니다. 하지만 두 눈은 아직도 감겨 있었습니다.

인어공주는 왕자의 아름다운 이마에 입을 맞추고 젖은 머리칼을 뒤로 쓸어 넘겼습니다. 왕자는 바닷속의 작은 정원에 서 있는 조각상 같았습니다. 인어공주는 다시 왕자에게 입을 맞추면서 살아나기를 간절히 기도했습니다.

주변을 둘러보니 저 앞으로 육지가 보이고, 백조 떼가 누워 있는 것처럼 하얀 눈으로 덮인 높은 산이 보였습니다. 해변 근처에는 아름답고 푸른 숲이 있었으며, 그 옆에는 교회나 수도원처럼 보이는 큰 건물이 서 있었습니다. 정원에는 레몬나무와 오렌지 나무가 자라고 있었고 문 앞에는 키 큰 야자수들이 즐비하게 서 있었습니다. 그곳 바다는 만을 이루고 있어 물결은 잔잔했지만 아주 깊었습니다.

인어공주는 왕자를 안고서, 희고 고운 모래밭이 펼쳐져 있는 해변으로 가 따뜻한 햇볕 속에 왕자를 눕혔습니다. 그때 하얀 건물에서 종소리가 울리더니 한 무리의 젊은 여인들이 정원으로 쏟아져 나왔습니다. 인어공주는 얼른 물속으로 들어가 물 위로 솟아 있는 커다란 바위 뒤로 숨었습니다. 그리고는 물거품으로 머리와 목을 숨기고는 가엾은 왕자를 누가 발견하는지를 지켜보았습니다.

잠시 후, 한 젊은 여인이 왕자를 발견하고 다가왔습니다. 젊은 여인은 몹시 놀라는 듯하더니, 곧 사람들을 불러왔습니다. 그리고 정신을 차린 왕자가 둘러서 있는 사람들에게 미소 짓는 모습이 보였습니다. 하지만 인어공주에게는 미소를 보내지 않았습니다. 왕자는 인어공주가 자기를 구했다는 사실을 전혀 모르고 있었기 때문입니다.

왕자는 아무것도 모른 채 사람들에게 둘러싸여 큰 건물 안으로 들어가 버렸습니다. 인어공주는 왕자가 자기를 알아보지 못하는 것을 몹시 슬퍼하면서 용궁으로 돌아갔습니다.

막내 공주는 항상 조용하고 생각이 깊긴 했지만, 바깥세상에 다녀온 뒤로는 더욱 말이 없어졌습니다. 세상에 나가 무엇을 보았느냐고 언니들이 물었지만, 막내는 자신만의 생각에 골똘히 잠긴 채 입을 열지 않았습니다.

인어공주는 하루도 거르지 않고 아침저녁으로 왕자가 누워 있던 해변으로 올라갔습니다. 그러는 동안 정원에 있는 과일들이 무르익고 산 위에 쌓인 눈이 녹았지만, 왕자는 한 번도 볼 수가 없었습니다.

인어공주의 슬픔은 날이 갈수록 더욱 깊어져 갔습니다. 인어공주에게 유일하게 위안이 되는 것은 작은 정원에 있는 왕자와 닮은 조각상을 껴안아 보는 것이었습니다. 공주는 이제 꽃을 전혀 돌보지 않았습니다. 꽃과 잡초는 날로 무성해져 긴 잎과 줄기가 꽃밭 밖으로까지 뻗어 나와 나뭇가지를 타고 올라갔습니다. 아담하고 예쁜 꽃밭이 잡초밭처럼 변해 버렸습니다.

혼자서 슬픔을 감당하지 못하고 있던 인어공주는 마침내 한 언니에게 고민을 털어놓았습니다. 그리하여 다른 언니들도 알게 되었으며, 왕자가 사는 곳을 알고 있는 다른 인어들에게도 알려지게 되었습니다. 그중 한 인어가 배에서 잔치가 벌어질 때 왕자를 보았고, 그가 어디에 사는지도 알고 있었습니다.

"이리 와, 막내야."

공주들은 막내를 이끌고 왕자의 궁전이 있는 곳으로 솟아올랐습니다. 반짝이는 노란 돌로 지은 궁전에는 긴 대리석 계단이 있었는데, 계단 한쪽 끝은 바다로 이어져 있었습니다. 그리고 지붕에는 화려한 황금빛으로 빛나는 둥근 탑들이 솟아 있었고, 건물을 감싸고 있는 기둥들 사이에는 살아 있는 것 같은 대리석 조각상들이 서 있었습니다. 수정같이 투명하고 높다란 유리창을 통해 화려한 방들이 보였습니다. 값비싼 커튼, 벽걸이, 아름다운 그림이 걸려 있는 방과, 햇살을 받아 천장까지 치솟는 분수가 영롱하게 반짝이고 아름다운 꽃들이 피어 있는 큰 홀은 참으로 아름다웠습니다.

이제 왕자의 궁전이 있는 곳을 알게 된 인어공주는 날마다 궁전 근처에서 밤을 지새웠습니다. 인어공주는 언니들보다 훨씬 더 과감하게 육지 옆으로 헤엄쳐 가곤 했습니다. 공주는 대리석 발코니 아래에 있는 좁은 수로까지 헤엄쳐 가 밝은 달빛을 받으며 생각에 잠겨 있는 왕자를 바라보았습니다. 또 왕자가 음악을 들으며 깃발이 나부끼는 멋진 보트를 타고 나갈 때면, 공주는 덤불 사이로 몰래 내다보았습니다. 바람에 휘날리는 공주의 기다란 은백색 머리카락은 마치 백조 한 마리가 날개를 펼친 것처럼 보였을 겁니다.

인어공주는 횃불을 켜고 바다에 나와 고기 잡는 낚시꾼들이 왕자의 선행에 관해 얘기할 때면 그렇게 마음 착한 왕자를 자신이 구했다는 사실이 기쁘고 자랑스러웠습니다. 그러면서 왕자가 평화로운 모습으로 자신의 품에 기댔을 때 머리카락이 얼마나 부드러웠는지, 자신이 왕자에게 입을 맞췄을 때 얼마나 감미로웠는지를 떠올렸습니다. 하지만 왕자는 그러한 사실을 전혀 알지 못했으며, 꿈속에서도 상상해 본 적이 없었습니다.

날이 갈수록 인어공주는 인간이 좋아졌습니다. 바닷속보다 훨씬 더 넓은, 인간들의 세계에서 살고 싶은 마음이 간절했습니다. 인간들은 배를 타고 바다 위를 마음대로 다닐 수 있고,

구름보다 더 높은 산에도 오를 수 있지 않은가. 그리고 그들이 가지고 있는 육지와 숲과 들판은 얼마나 광활하고 아름다운가!

인어공주는 세상에 대해 알고 싶은 것이 아주 많았으나, 언니들은 공주가 묻는 것에 대해 모두 대답해 주지는 못했습니다. 그래서 인어공주는 바다 위 세상을 잘 알고 있는 할머니를 찾아가 물었습니다.

"인간은 물에 빠져 죽지 않으면 영원히 살 수 있나요? 아니면 바닷속에 사는 우리처럼 언젠가는 죽게 되나요?"

"물론 죽지. 우리는 삼백 년까지 살 수 있지만, 그들은 우리보다 생명이 훨씬 더 짧단다. 물론 우리에겐 무덤도 없고, 죽으면 물거품으로 변하지만 말이야. 우리에게는 불멸의 영혼이 없어서, 다시는 생명을 얻지 못한단다. 우리는 해초와 같아서 일단 잘리고 나면 다시는 살아나지 못하지. 하지만 인간은 다르단다. 인간은 영원히 사는 영혼을 가지고 있거든. 죽어서 육체가 흙으로 변하고 난 후에도 오랫동안 이어지는……. 영혼은 맑은 공기를 뚫고 반짝이는 별들 너머로 간다고 해. 우리가 육지를 보기 위해 물을 헤치고 올라가는 것처럼, 인간들은 그들도 알지 못하는 미지의 찬란한 세계로 올라가는 거지. 그곳은 우리에게는 절대 보이지 않는 곳이지만……."

"우리에겐 왜 불멸의 영혼이 없나요? 단 하루만이라도 인간이 되어 별 너머에 있는 찬란한 세계에 가 볼 수 있다면, 나중에

찬란한 그곳에서 함께할 수 있다면…… 삼백 년을 포기할 수 있을 것 같아요."

인어공주가 애처로운 목소리로 말했습니다.

"그런 생각을 하면 안 된단다! 우리는 인간들보다 훨씬 더 행복하고, 훨씬 더 풍요롭게 살고 있잖니."

"제가 죽으면 물거품이 되어 바다 위를 떠다니겠죠? 파도가 연주하는 음악 소리도 듣지 못하고, 아름다운 꽃과 붉은 해도 보지 못하겠죠? 어떻게 하면 불멸의 영혼을 얻을 수 있을까요? 그걸 얻기 위해서 내가 할 수 있는 일이 정말 아무것도 없나요?"

"영혼을 얻기 위해 할 수 있는 일은 없단다. 하지만 인간이 자기 부모보다도 널 더 사랑하게 되어, 오직 너만을 생각하고 사랑한다면 가능하지. 사제 앞에서 남자의 오른손과 네 손을 맞잡은 후 하느님께 영원한 사랑을 약속한다면, 그 남자의 영혼이 네 몸으로 스며들어 갈 거야. 그러면 그 남자의 모든 생각과 심장이 모두 너와 하나가 되어, 너는 그와 행복을 함께 누릴 수 있게 되는 거란다. 그 사람은 자기의 영혼을 너에게 주어도 자기 것은 간직하거든. 하지만 그런 일은 절대 일어나지 않아. 우리는 우리가 가지고 있는 꼬리를 아름답다고 생각하지만, 인간들은 흉측하게 생각하지. 그들은 다리라는 튼튼한 버팀대를 가지고 있어야 아름답다고 생각하거든."

인어공주는 한숨을 쉬며 슬픈 얼굴로 자신의 꼬리를 바라보았습니다.

"자, 기운을 내렴. 우리는 삼백 년 동안이나 살 수 있잖니. 그건 참으로 긴 시간이야. 그 후에는 더 편히 쉴 수도 있고. 암튼 오늘 저녁에 궁중 무도회를 열자꾸나."

할머니가 손녀를 달래며 말했습니다.

바닷속 무도회는 사람들이 상상도 할 수 없을 정도로 화려했습니다. 투명한 수정으로 되어 있는 벽과 천장, 장미처럼 붉거나 풀처럼 푸른 빛이 도는 조가비들! 무도회장은 조가비에서 나오는 푸른 빛으로 대낮처럼 환했습니다. 자줏빛, 은빛, 금빛으로 반짝이는 크고 작은 물고기들이 수정으로 된 벽을 스쳐 헤엄쳐 다니는가 하면, 무도회장 바닥으로는 거대한 물줄기가 흘렀습니다.

인어들은 바로 이곳에서 달콤하고 아름다운 노래를 부르며 춤을 추었습니다. 인어들의 목소리는 인간과 비교할 수 없을 정도로 곱고 아름다웠습니다. 그중에서도 막내 인어공주의 목소리가 가장 아름다웠습니다. 막내 공주가 감미롭게 노래를 부르자, 물고기와 인어들은 손과 꼬리를 흔들어 열렬한 박수를 보냈습니다. 막내 공주는 한순간 이 세상에서 가장 아름다운 목소리를 가지고 있다는 사실이 너무나 자랑스럽고 행복했습니다. 하지만 그것은 잠시뿐이었습니다. 마음속에서 왕자가 떠나질 않았으며, 왕자처럼 불멸의 영혼을 가질 수 없다는 사실이 너무도 슬펐기 때문입니다.

신나는 무도회가 벌어지는 동안, 막내 공주는 아무도 몰래 궁전을 빠져나와 슬픔에 잠겨 정원에 앉아 있었습니다. 그때 뱃고동 소리가 들렸습니다.

'틀림없이 왕자가 탄 배일 거야. 나에게 소망과 행복을 가져다줄 왕자 말이야. 꼭 왕자를 얻고 말 테야. 영혼을 얻기 위해서라면 무엇이든 할 수 있어. 그래, 언니들은 지금 춤을 추느라 정신이 없으니까 몰래 마녀에게 가봐야지. 무섭긴 하지만, 왕자를 얻기 위해서라면 그런 것쯤은 상관없어. 어쩌면 마녀가 도와줄지도 몰라.'

막내 공주는 정원을 빠져나와 사납게 날뛰는 소용돌이로 향했습니다. 마녀가 바로 그 소용돌이 뒤에 살고 있었기 때문입니다. 그곳은 물거품이 이는 물레바퀴처럼 물살이 모든 것을 집어삼켜 깊이를 알 수 없는 곳으로 내던져 버리는 곳이었습니다.

공주는 그곳에 한 번도 가 본 적이 없었습니다. 소용돌이로 뻗은 길에는 꽃은커녕 해초 하나도 보이지 않았으며 황량한 회색 모래밭뿐이었습니다. 마녀의 집에 가려면 부글부글 끓어오르는 수렁도 건너야 했습니다. 마녀의 집은 그 너머에 있는 이상한 숲 한가운데에 있었는데, 그 숲에 있는 나무와 꽃은 반은 동물이고 반은 식물인 폴립(polyp, 몸은 원통 모양이며 위쪽 끝에 입이 있고 그 주위에 몇 개의 촉수가 있다. 히드라, 산호류 따위를 말한다.)이었습니다. 그것들은 마치 흙에서 자라는 수백여 개의 머리가 달린 뱀처럼 보였습니다. 가지들은 끈적끈적한 긴 팔 같았고, 손가락은 꾸물꾸물 기어 다니는 벌레 같았습니다. 또한 몸 마디를 저마다 꼼지락거리며 뿌리에서 밖으로 뻗은 촉수로 잡히는 건 무엇이든 꽉 움켜잡고는 절대 보내주지 않았습니다.

인어공주는 잔뜩 겁을 집어먹은 채로 그 앞에 멈춰서고 말았습니다. 가슴이 두근거리고 온몸이 굳어져서 돌아가고 싶어졌습니다. 하지만 왕자와 인간들이 갖고 있는 불멸의 영혼을 생각하자, 다시 용기가 생겼습니다.

공주는 폴립에게 잡히지 않도록 팔랑거리는 긴 머리카락을 단단히 묶었습니다. 그리고는 두 손을 가슴 위로 모은 다음 사방으로 뻗어 있는 끈적끈적한 가지들 사이를 잽싸게 빠져나갔습니다. 폴립의 수많은 팔에는 바다에 빠져 죽은 인간들의 하얀 해골, 육지 동물의 해골, 배에서 나온 노와 부품, 어부들의 궤짝, 폴립이 목 졸라 죽인 작은 여자 인어 등이 끼어 있었습니다. 그렇게 무시무시한 광경은 처음이었습니다.

이윽고 거대한 늪지가 나왔습니다. 크고 살찐 물뱀들이 수렁 속에서 이리저리 뒹굴면서 흉측한 황갈색 몸을 드러내고 있었습니다. 늪지 한가운데에는 난파당한 인간들의 해골로 지은 집이 서 있었는데, 바로 마녀가 사는 집이었습니다. 마녀는 사람들이 카나리아에게 먹이를 주듯이 자신의 입에서 나오는 것을 두꺼비에게 먹게 했습니다. 그리고 징그럽게 생긴 물뱀들을 '아가'라고 부르면서 스펀지 같은 자신의 가슴 위를 기어 다니게 내버려 두었습니다.

막내 공주를 보자 마녀가 말했습니다.

"네가 뭘 원하는지 알지. 하지만 그건 어리석은 짓이야. 넌 네 고집대로 할 테고, 결국은 후회할 것이 뻔하니까. 꼬마 공주님! 그런데도 물고기 꼬리를 없애고, 그 대신에 인간들처럼 걸어 다닐 수 있는 두 개의 다리를 갖고 싶다는 건가? 그 젊은 왕자와 불멸의 영혼을 얻기 위해서 말이야."

그러고 나서 마녀는 소름 돋을 정도로 기분 나쁘게 큰 소리로 웃어댔습니다. 그 바람에 마녀에게 붙어 있던 두꺼비와 뱀들이 땅바닥에 떨어져 여기저기에서 꿈틀거렸습니다.

"아무튼 제때에 잘 왔다. 내일 아침에 해가 떠오르면, 난 일 년 내내 널 도울 수 없을 테니까 말이야. 한 번 먹을 물약을 만들어서 줄 테니, 내일 해가 뜨기 전에 육지로 올라가 그걸 마시거라. 그러면 네 꼬리가 둘로 갈라지면서 인간의 다리로 변할 테니까. 날카로운 칼날이 몸을 찌르는 것처럼 고통스럽겠지만, 사람들이 네 모습을 보면 그 아름다움에 넋이 나갈 것이 분명하단다. 하지만 걸음을 옮길 때마다 날카로운 칼날 위를 걷는 것처럼 고통스럽고, 피가 철철 흐르는 듯한 느낌이 들 텐데 참을 수 있겠니? 괜찮다면, 도와주마."

"괜찮아요. 어떤 고통도 참겠어요."

막내 공주는 왕자와 불멸의 영혼을 생각하며 떨리는 음성으로 말했습니다.

"하지만 잘 생각해 봐라. 인간의 몸을 얻으면 다시는 인어로 되돌아올 수 없단다. 다시는 네 언니들과 아버지가 사는 왕궁으로 내려올 수 없다고. 그리고 왕자가 자기 부모를 포기하고 진정으로 널 사랑하지 않는다면, 자기 부모를 잊고 머리와 심장으로 오로지 너만을 생각하지 않는다면, 사제 앞에서 너의 손을 맞잡지 않는다면, 그러면 너는 불멸의 영혼을 얻지 못한단다. 그리고 만약에 왕자가 다른 사람과 결혼을 하게 되면, 네 심장은 다음 날 산산이 부서져 바다의 물거품이 되고 말 거야."

"그래도 괜찮아요."

막내 공주는 백지장처럼 얼굴이 하얘지며 말했습니다.

"게다가 한 가지 조건이 있어. 너는 나에게 값을 지불해야 하는데, 그건 하찮은 것이 아니야. 넌 이 바닷속에서 가장 아름다운 목소리를 갖고 있어. 그래서 너는 그 목소리로 왕자를 사로잡을 수 있다고 생각할 거야. 하지만 물약을 얻으려면 그 값으로 네 목소리를 내놓아야 해. 네 목소리에 내 피를 섞어야 하거든. 아주 잘 듣는 약을 만들려면 그게 필요하니까……."

"하지만 제 목소리를 가져가 버리면 제겐 뭐가 남죠?"

"아름다운 모습이지. 우아한 걸음걸이, 그윽한 두 눈, 그것으로도 인간의 마음을 충분히 사로잡을 수 있을 거야. 흠…… 아직도 용기가 남아 있나? 그렇다면 네 작은 혀를 내밀렴. 싹둑 잘라야 하니까. 그러면 약효가 아주 좋은 물약을 얻게 될 거야."

"그렇게 하세요."

마녀는 마법의 물약을 끓이려고 불 위에 솥을 얹었습니다.

"깨끗한 건 좋은 거지."

마녀는 이렇게 말하며 뱀을 꼬아서 솥을 닦았습니다. 그리고는 자기 가슴을 칼로 찔러 검은 피를 몇 방울 솥에 떨어뜨렸습니다. 그러자 끔찍한 형상을 그리며 김이 무럭무럭 솟아올랐습니다. 마녀가 솥에 새로운 것을 집어넣을 때마다 악어가 우는 듯한 괴상한 소리를 내며 끓어 올랐습니다. 드디어 물약이 완성되었는데, 약은 깨끗한 물처럼 투명해 보였습니다.

"자, 이제 네 혀를 다오."

마녀는 막내 공주의 혀를 싹둑 잘랐습니다. 막내 공주는 이제 더는 말을 할 수 없게 되었습니다. 다시는 노래를 부를 수도, 이야기할 수도 없게 된 것입니다.

"숲을 빠져나갈 때 폴립들이 널 잡으려고 하면, 이 물약을 몇 방울 떨어뜨리렴. 그러면 폴립들의 팔다리가 수천 갈래로 갈라질 테니까."

그러나 그럴 필요가 없었습니다. 폴립들은 인어공주가 손에 들고 있는 반짝이는 물약을 보는 순간 겁에 질려 몸을 움츠렸습니다. 그래서 숲과 늪과 소용돌이 속을 쉽게 빠져나올 수 있었습니다.

주변을 돌아보니 아버지와 언니들이 있는 왕궁이 보였습니다. 무도회장의 불빛은 이미 꺼져 있었고, 모두 잠이 든 듯 고요했습니다. 하지만 인어공주는 차마 그들을 만나러 갈 엄두가 나지 않았습니다. 이제 말을 할 수 없게 된 데다 '지금 떠나면 영원히 그들을 볼 수 없으리라.'는 생각을 하자, 심장이 슬픔으로 부서질 것 같았기 때문입니다.

인어공주는 살그머니 정원으로 들어가 언니들의 꽃밭에서 꽃을 한 송이씩 꺾었습니다. 그리고는 궁전을 향해 수없이 입맞춤을 보낸 후 검푸른 물 위로 떠올랐습니다.

왕자가 사는 궁전 근처에 다다랐을 때 아직 해는 떠오르지 않았고, 달이 환하게 비추고 있었습니다. 인어공주는 왕자가 사는 궁전의 아름다운 대리석 계단으로 다가가 마법의 물약을 마셨습니다. 날카로운 비수가 몸을 뚫고 지나가는 것 같았습니다. 인어공주는 너무나 고통스러워하다가 그만 정신을 잃고 쓰러지고 말았습니다.

정신을 차렸을 때는 해가 바다 위로 높이 떠올라 있었습니다.

날카로운 고통이 온몸을 휘저었습니다. 인어공주는 천천히 눈을 떴습니다. 그런데 바로 눈앞에 아름다운 왕자가 서 있는 것이었습니다.

왕자는 새까만 눈으로 인어공주를 걱정스럽게 내려다보고 있었습니다. 깜짝 놀란 인어공주는 너무나 당황하여 눈이 마주치자마자 눈을 내리깔았습니다. 그 순간, 꼬리 대신에 어여쁜 아가씨들이 갖고 싶어 하는 희고 아름다운 두 다리와 발이 눈에 들어왔습니다. 하지만 완전히 벌거벗은 채로 있었기에, 인어공주는 너무나 부끄러워서 긴 머리카락으로 얼른 몸을 가렸습니다.

왕자는 공주에게 누구인지, 어디서 왔는지를 물었습니다. 하지만 인어공주는 슬픈 표정으로 왕자를 바라보고만 있을 뿐이었습니다. 혀가 잘려서 말을 할 수 없었기 때문입니다.

왕자는 인어공주를 궁전으로 데리고 갔습니다. 걸음을 옮길 때마다 마녀가 미리 말해 준 것처럼, 뾰족한 바늘과 날카로운 칼 위를 걷는 것 같았습니다. 하지만 인어공주는 꾹 참으며 왕자의 손에 이끌려 거품처럼 가볍게 걸음을 옮겼습니다. 사람들은 날아갈 듯이 가볍고 우아한 공주의 걸음걸이를 감탄하며 바라보았습니다.

궁전에 도착한 인어공주에게는 값비싼 비단과 모슬린 옷이 입혀졌습니다. 공주는 궁전에서 가장 아름다웠지만, 노래를 부르지도 말을 하지도 못했습니다.

곧이어 인어공주를 환영하는 화려한 무도회가 열렸습니다. 비단과 황금으로 치장한 시녀들이 나와 노래를 불렀는데, 특히 한 시녀가 노래를 매우 잘했습니다. 왕자는 그 시녀에게 환한 미소를 보내며 박수를 쳤습니다. 그 모습을 바라보고 있는 인어공주의 가슴은 슬픔으로 먹먹해졌고, 이내 눈물이 쏟아질 것만 같아 얼른 고개를 숙였습니다.

'아, 왕자님 곁에 있으려고 내 아름다운 목소리를 영원히 버렸다는 걸 알아주기라도 한다면…….'

잠시 후에는 노래를 마친 시녀들이 아름다운 음악에 맞춰서 깜찍한 요정들처럼 춤을 추었습니다. 그러자 이번에는 인어공주도 눈부시게 하얀 팔을 들어 올리고 마룻바닥에 발끝으로 서서 춤을 추었습니다. 발이 바닥에 닿을 때마다 날카로운 칼 위를 걷는 것처럼 고통스러웠지만 왕자의 시선을 끌려고 더 열심히 춤을 추었습니다. 인어공주의 아름다운 동작과 두 눈빛은 시녀들의 노래보다 훨씬 더 아름답고 감동적이어서, 왕자를 비롯한 사람들의 표정이 넋을 잃은 것만 같았습니다.

왕자는 공주를 '길에서 만난 사랑스러운 나의 천사'라고 불렀고, 공주는 몇 번이고 반복해서 춤을 추었습니다. 하지만 바닥에 발이 닿을 때마다 날카로운 쇠붙이 위를 걷는 것처럼 고통스러웠습니다.

인어공주에게 마음을 빼앗긴 왕자는 영원히 자기 곁에 있어 달라고 하면서, 벨벳 카펫이 깔린 옆방에서 자라고 했습니다. 그런가 하면 인어공주에게 승마복을 입혀 말에 태우고 숲을 달리기도 했습니다. 그럴 때면 작은 새들이 푸른 나뭇잎들 사이에서 날아올랐고, 초록의 풀들은 그윽한 향기를 풍겼습니다.

왕자는 공주를 데리고 높은 산에 오르기도 했습니다. 인어공주의 연약한 발에서는 피가 흘렀지만, 공주는 오히려 유쾌하게 웃으면서 새떼와 같은 구름이 내려다보이는 먼 곳까지 왕자를 따라나서곤 했습니다. 그리고 사람들이 모두 잠든 밤이면 넓은 대리석 계단을 내려와 차가운 바닷물 속에 발을 담갔습니다. 그러면 타는 듯이 뜨거운 발이 시원해졌고, 그럴 때마다 바닷속 깊은 곳에 있는 용궁에서의 생활이 떠올랐습니다.

어느 날 밤, 인어공주가 여느 때처럼 물에 발을 담그고 있는데 귀에 익은 노랫소리가 들렸습니다. 언니들이었습니다. 언니들은 서로 손을 잡고 구슬프게 노래를 부르며 물 위로 떠올랐습니다. 인어공주가 언니들에게 손짓하자, 언니들은 인어공주를 알아보고 반가워서 어쩔 줄 몰라 했습니다. 그리고는 인어공주가 떠나 버려서 얼마나 마음이 아픈지 모른다고 말했습니다.

그 뒤 언니들은 매일 밤 인어공주를 찾아왔습니다. 한 번은 오랫동안 바다 위로 올라온 적이 없는 할머니와, 왕관을 쓴 아버지까지 먼발치에 와 있는 것이 보였습니다. 할머니와 아버지는 인어공주를 향해 손만 흔들 뿐 언니들처럼 육지 가까이 다가오지는 않았습니다.

시간이 지남에 따라 왕자에 대한 인어공주의 사랑은 더욱 깊어졌습니다. 왕자도 인어공주를 사랑했습니다. 하지만 왕자는 어린아이를 아끼듯이 인어공주를 좋아하는 것일 뿐, 인어공주를 왕비로 삼는 일 따위는 상상조차 하지 않았습니다.

참으로 큰일이었습니다. 왕자가 다른 여자와 결혼하면 인어공주는 불멸의 영혼도 얻지 못하고 물거품이 되어 바다 위를 떠돌게 될 것이기 때문입니다.

'왕자님은 나를 세상에서 제일 사랑하지 않나요?'

왕자가 인어공주를 팔에 안고 고운 이마에 입맞춤할 때면 공주의 눈빛은 이렇게 묻는 것 같았습니다.

"그래, 넌 누구보다도 사랑스러워. 마음씨가 곱고, 나에게 누구보다도 헌신적이지. 게다가 언젠가 보았던 소녀와 꼭 닮았어. 다시는 찾을 수 없는 그 소녀와 말이야. 그때 나는 배를 타고 있다가 난파당해 파도에 휩쓸려서 바닷가로 밀려왔거든. 한 수도원 근처였지. 그곳에서 매우 어린 소녀가 기절해 있는 나를 해변에서 발견하고 구해주었어. 하지만 그 소녀를 두 번 다시 보지 못했어. 이 세상에서 내가 사랑할 수 있는 사람은 그 소녀뿐이야. 넌 그 소녀를 빼닮았어. 너를 보면 그 소녀가 생각나. 소녀는 아마도 그 수도원에서 사는 것 같아. 그래서 행운의 신이 너를 나에게 보낸 것이 아닐까. 우리는 절대로 헤어지지 않을 거야."

'아! 내가 바로 당신의 생명을 구해준 그 소녀예요, 왕자님!'

인어공주는 속으로 계속 말했습니다.

'전 당신을 바다에서 수도원이 있는 숲으로 옮겨 놓고, 사람들이 도와주는 것을 숨어서 지켜보았어요. 그때 예쁜 아가씨가 당신을 도와주었지요. 당신은 저보다 그 아가씨를 더 사랑하시죠?'

인어공주는 깊이 한숨을 내쉬었지만, 눈물을 흘릴 수도 없었습니다.

'그래. 그 아가씨는 수도원에서 사는 것 같다고 했으니까, 이 세상으로 나오는 일도 없을 테고 다시 왕자님을 만나지도 않을 거야. 하지만 난 이렇게 왕자님 곁에서 매일 보고 있어. 내가 왕자님을 지켜줄 거야. 왕자님을 위해 내 생명을 바치겠어.'

얼마 후, 왕자가 이웃 나라의 공주와 결혼한다는 소문이 들렸습니다. 왕자는 그 나라 왕을 방문할 것이라고 발표했지만, 사실은 그 나라 공주를 보러 가는 것이었습니다. 많은 수행원이 왕자와 함께 떠날 준비를 하자, 인어공주는 살며시 미소를 지으며 고개를 저었습니다. 인어공주는 왕자의 생각을 누구보다도 잘 알고 있었기 때문입니다.

"가서 공주를 만나봐야 해. 부모님이 원하시거든. 하지만 그녀를 신부로 맞이하라고 강요하시진 않을 거야. 난 그녀를 사랑할 수 없을 테니까. 그녀는 수도원의 그 아름다운 소녀를 너만큼 닮지 않았을 거야. 만약 마음대로 신부를 선택할 수 있다면 너를 선택하겠어. 의미 있는 눈빛을 가진 '길에서 만난 사랑스러운 나의 천사'."

왕자는 이렇게 말하면서 인어공주의 붉은 입술에 입을 맞췄습니다. 그리고는 인어공주의 머리카락을 만지작거리다가, 인어공주의 가슴에 머리를 묻었습니다. 공주는 그런 왕자를 바라보면서, 인간의 행복과 불멸의 영혼에 대한 환상에 잠겼습니다.

"'길에서 만난 사랑스러운 나의 천사', 넌 바다를 두려워하지 않지?"

이웃 나라로 가려고 화려한 배에 올랐을 때 왕자가 인어공주에게 말했습니다.

왕자는 인어공주에게 폭풍우와 잔잔한 바다와 깊은 바닷속에 사는 이상한 물고기에 관해 이야기해 주었습니다. 인어공주는 왕자의 이야기를 듣고 있으면서 잠자코 미소만 지었습니다. 바닷속에서 일어나는 일은 누구보다도 자신이 가장 잘 알고 있었기 때문입니다.

달빛이 은은하게 쏟아지는 고요한 밤, 키를 조종하는 사람을 제외하곤 모두가 잠들어 있었습니다. 인어공주는 뱃전에 앉아 맑은 물속을 내려다보았습니다. 바닷속 궁전이 떠오르고, 그 위로 머리에 은관을 쓴 할머니의 모습이 눈에 어른거렸습니다. 할머니는 물속 저만치서 인어공주가 타고 있는 배를 올려다보고 있는 것 같았습니다.

그때 언니들이 물 위로 떠올랐습니다. 언니들은 하얀 손을 내밀며 슬픈 눈으로 인어공주를 바라보았습니다. 인어공주는 언니들에게 손을 흔들며 미소를 지었습니다. 인어공주는 행복하게 잘 지내고 있다고 얘기하고 싶었습니다.

하지만 바로 그때 선실에서 심부름하는 소년이 나왔습니다. 그 바람에 언니들이 재빨리 물속으로 들어가 버렸습니다. 소년은 자신이 본 넘실거리는 파도가 그저 바다의 물거품이라고 생각하는 듯했습니다.

다음 날 아침, 배는 이웃 나라의 화려한 도시에 있는 한 항구에 닿았습니다. 배가 항구로 들어서자 교회의 종들이 일제히 울렸고, 높은 탑에서는 나팔 소리가 울려 퍼졌습니다. 나부끼는 깃발을 들고 번쩍이는 칼을 찬 군인들이 열을 지어 서 있었습니다.

날마다 무도회와 연회가 베풀어졌습니다. 그러나 주인공인 공주는 보이지 않았습니다. 공주는 멀리 떨어진 수도원에서 왕비가 지녀야 할 미덕을 배우고 있다고 했습니다.

얼마 후 이웃 나라 공주가 돌아왔습니다. 공주가 어떻게 생겼는지 궁금했던 인어공주는 공주의 아름다움에 감탄했습니다. 비단결처럼 곱고 하얀 피부에 길고 검은 속눈썹 그리고 파란 눈동자에는 진실함이 담겨 있었고, 미소 짓고 있는 입술에서는 청순함이 느껴졌습니다.

"바로 당신이었군요! 바닷가에서 나를 구해준 사람이."

왕자가 공주를 보고 반가워하며 말했습니다. 그리고는 얼굴을 붉히며 부끄러워하는 신부를 끌어안았습니다.

"오, 난 너무 행복해! 드디어 소원이 이루어졌어. 너도 내 행복을 기뻐해 주겠지? 넌 내게 진실하고 헌신적이니까 말이야."

왕자가 기쁨을 감추지 못한 채 인어공주에게 말했습니다.

인어공주는 왕자의 손에 입을 맞췄습니다. 하지만 가슴이 갈기갈기 찢어지는 것만 같았습니다. 이제 왕자가 결혼하게 되면, 자신은 결혼식 다음 날 목숨을 잃고 바다 위를 떠도는 물거품으로 변하고 말 것이기 때문입니다.

교회 종들이 울리고, 전령들이 이리저리 돌아다니며 결혼을 알렸습니다. 제단에 놓인 은제 램프에서는 향기를 풍기는 기름이 타올랐고, 사제들은 향로를 흔들었습니다. 신랑과 신부는 서로 손을 맞잡은 다음 주교님의 축복을 받았습니다.

은과 금으로 된 옷을 입은 인어공주는 신부 들러리 속에 끼어 있었습니다. 그러나 그녀는 아무 소리도 들리지 않았고, 그 무엇도 눈에 들어오지 않았습니다. 오직 잠시 후면 다가올 자신의 죽음과 이 세상에서 잃어버린 것들에 관한 생각만 떠오를 뿐이었습니다.

그날 저녁 신랑과 신부는 뱃전으로 나갔습니다. 결혼을 축하하는 폭죽이 사방에서 터지고 형형색색의 깃발이 요란하게 나부꼈으며, 배 한가운데에는 황금빛과 자줏빛으로 치장된 화려한 방이 만들어졌습니다. 그리고 신랑과 신부가 첫날밤을 지낼 우아한 침상이 놓였습니다. 배는 순풍을 맞아 돛을 부풀리며 미끄러지듯 바다 위를 달렸습니다.

날이 어두워지자 화려한 오색 등불이 켜지고 선원들이 갑판 위에서 흥겹게 춤을 추었습니다. 인어공주는 처음으로 바다 위로 떠올랐을 때 본 광경이 생각났습니다. 그때도 화려하고 즐거운 축제가 한창이었는데…….

선원들 틈에 끼어 있는 인어공주도 제비가 먹이를 좇아 뱅뱅 돌듯이 뱅글뱅글 돌며 춤을 추었습니다. 인어공주는 그렇게 아름다운 춤을 추어 본 적이 없었지만, 모두가 탄성을 지르며 인어공주에게 환호를 보내자 자신감이 생겼습니다. 날카로운 칼날이 두 발을 베는 듯 고통스러웠지만 그런 것쯤은 얼마든지 견딜 수 있었습니다. 심장이 그보다 훨씬 더 아팠기 때문입니다.

인어공주가 가족과 고향을 버리고, 자신의 아름다운 목소리를 마녀에게 바치면서까지 처절한 고통을 감내했던 것은 오직 왕자 때문이었습니다. 그런데 왕자는 무심하게도 그것을 전혀 눈치채지 못하고 있었습니다. 왕자와 같은 공기를 들이마시는 것도, 깊은 바다를 내려다보거나 별이 총총한 하늘을 올려다보는 것도 오늘이 마지막이라고 생각하니 자신도 모르게 눈물이 흘러내렸습니다.

이제 인어공주를 기다리고 있는 것은 생각도 할 수 없고, 꿈도 꿀 수 없는 영원한 밤뿐입니다. 오늘 밤이 지나면, 인어공주는 영원히 영혼을 얻을 수 없게 되는 것입니다.

배 위에서는 화려한 축제가 자정이 넘도록 계속되었습니다. 인어공주는 마음에 드리운 죽음에 관한 생각을 잊고서 선원들과 함께 웃으며 춤을 추었습니다. 왕자는 아름다운 신부에게 입을 맞췄고, 신부는 왕자의 검은 머리카락을 어루만졌습니다. 그리고 두 사람은 팔짱을 끼고 신방으로 들어갔습니다.

배 위에는 다시 고요함이 감돌았습니다. 사람들이 모두 잠들고, 키잡이만이 깨어 있었습니다. 인어공주는 흰 팔을 난간에 기대고 동녘을 바라보았습니다. 아침놀이 하늘에 번지기 시작하면 인어공주는 물거품이 될 것입니다.

그때 언니들이 물 위로 떠올랐습니다. 언니들도 인어공주처럼 창백하고 슬픈 표정이었습니다. 그런데 바람에 나부끼던 길고 아름다운 언니들의 머리카락이 보이지 않았습니다. 모두 잘려나간 것입니다.

"널 구해달라고 우리 머리카락을 잘라 마녀에게 주었어. 마녀는 그 대가로 칼을 주었지. 자, 받아! 해가 떠오르기 전에 왕자의 심장에 이 칼을 꽂아야 해. 왕자의 따뜻한 피가 네 발을 적시면 네 꼬리가 다시 자라날 거야. 그럼 예전처럼 다시 인어가 되어 삼백 년을 살 수 있게 돼. 자, 어서 서둘러! 해가 떠오르기 전에 왕자를 죽여야 하니까. 그렇지 않으면 네가 죽어야 해. 할머니는 너 때문에 너무 상심한 나머지 흰 머리카락이 계속 빠지고 있어. 우리 머리카락이 마녀의 가위에 잘려나간 것처럼 말이야. 어서 왕자를 죽이고 돌아와! 서둘러! 하늘의 저 붉은 띠가 보이지 않니? 금방 해가 솟을 거야. 그러면 넌 죽는다고!"

언니들은 이렇게 말한 다음 깊은 한숨을 내쉬며 파도 속으로 사라졌습니다.

인어공주는 진홍빛 커튼 사이로 방 안을 들여다보았습니다. 아름다운 신부가 왕자의 품에 머리를 묻고 자고 있었습니다. 인어공주는 허리를 굽혀 왕자의 아름다운 이마에 입을 맞췄습니다. 그리고는 장밋빛으로 점차 밝아오는 하늘과 날카로운 칼을 번갈아 바라보았습니다. 왕자가 꿈을 꾸는 듯 신부의 이름을 불렀습니다. 왕자는 잠결에도 그녀를 생각하고 있었던 것입니다.

칼을 쥔 인어공주의 손이 부르르 떨었습니다. 인어공주는 칼을 멀리 바닷속으로 던져버렸습니다. 칼이 떨어진 곳이 붉게 물들었으며, 물방울이 핏방울처럼 붉게 튀어 올랐습니다. 인어공주는 반쯤 의식을 잃은 슬픈 눈으로 다시 한번 왕자를 바라본 다음 바다에 몸을 던졌습니다. 몸이 물거품으로 녹아드는 기분이었습니다.

바다 위로 해가 떠올랐습니다. 따스하고 부드러운 햇살이 한때는 인어공주였던 차가운 물거품을 비췄습니다. 인어공주는 죽음을 느끼지 못했습니다. 밝은 해가 비치고 주위에는 수백 개의 투명하고 아름다운 형상들이 떠다니고 있었습니다. 그 형상들을 통해 배에 걸린 흰 돛과 하늘에 떠 있는 붉은 구름이 보였습니다. 형상들의 목소리는 음악과도 같아서, 인간의 눈이 인어들의 거품을 볼 수 없는 것처럼 인간의 귀에는 그 소리가 들리지 않았습니다.

인어공주는 자신의 몸이 그 형상들과 마찬가지로 날개도 없이, 공기만큼이나 가볍게 떠다닌다는 것을 알았습니다. 인어공주의 몸이 거품에서 빠져나와 점점 높이 솟아올랐습니다.

"누구세요? 여기가 어디예요?"

인어공주가 물었습니다. 인어공주의 목소리는 다른 형상들의 목소리와 마찬가지로 천상의 소리처럼 감미롭고 아름다웠습니다. 땅 위의 음악이 아무리 아름답다 해도 그 소리를 흉내 낼 수 없을 만큼 신비로웠습니다.

형상 중의 하나가 대답했습니다.

"우린 공기의 요정이야. 인어에겐 불멸의 영혼이 없어. 인간의 사랑을 얻지 못하면 영혼을 가질 수 없으니까. 인어가 영혼을 얻으려면 다른 힘에 의존해야 하지. 공기의 요정들도 영혼이 없지만 착한 일을 하면 스스로 영혼을 만들 수 있어. 우린 지금 따뜻한 나라로 날아가는 중이야. 차가운 바람을 불어넣지 않으면 독약처럼 뜨거운 공기가 인간을 죽이거든. 또한, 병들어 있는 인간의 치유를 위해 신선한 공기를 퍼뜨리려고 꽃향기를 싣고 가는 거란다. 삼백 년 동안 착하게 살면 불멸의 영혼을 얻어 인간들이 누리는 행복을 누릴 수 있으니까. 가련한 인어공주야, 너도 우리처럼 영혼을 얻으려고 온 마음을 다해 노력했어. 뼈를 깎는 고통을 겪으면서 말이야. 그 고통과 진실함이 너를 공기의 정령들 세계로 끌어올린 거야. 이제부터 삼백 년 동안 착하게 살면 영혼을 얻을 수 있으니 포기하지 마."

인어공주는 투명하고 맑은 눈을 들어 겸허하게 태양을 바라보았습니다. 그리고 처음으로 두 눈에 눈물이 가득 고이는 것을 느꼈습니다.

인어공주가 떠나온 배에서는 소동이 벌어졌습니다. 왕자와 아름다운 신부가 인어공주를 찾고 있었습니다. 그들은 햇살을 받아 진주처럼 반짝이는 물거품을 슬픈 표정으로 바라보았습니다. 마치 인어공주가 바닷속으로 뛰어든 것을 알고 있기라도 한 것처럼.

인어공주는 아무도 모르게 신부의 이마에 입을 맞추고 왕자를 어루만졌습니다. 그리고는 다른 공기의 요정들과 함께 하늘 위를 떠다니는 장밋빛 구름 속으로 올라갔습니다.

"삼백 년이 지나면, 우린 하늘나라로 가게 되겠죠?"

인어공주가 말했습니다.

"그보다 더 빨리 갈 수도 있지. 우리는 아무도 모르게 어린 아이들이 있는 집으로 들어간단다. 부모님을 기쁘게 해드리고 사랑받는 착한 아이를 찾아낼 때마다 우리의 시험 기간이 줄어들지. 아이들은 우리가 그들의 방으로 들어가 둥둥 떠다닌다는 것을 알지 못해. 하지만 우리가 아이의 착한 행동을 보고 미소지으면, 삼백 년의 시험 기간 중 일 년이 줄어든단다. 하지만 버릇이 없거나 나쁜 아이를 보게 되면 우리는 슬픔의 눈물을 흘려야 해. 그때마다 시험 기간이 하루씩 늘어나게 되지까."

공기의 요정이 계속 속삭였습니다.

작품 해설

1) 원본 동화

① 작가와 시기

덴마크의 동화작가 한스 크리스티안 안데르센의 작품으로, 1837년에 발표된 단편 동화집 《어린이를 위한 동화(Eventyr, fortalte for Børn)》에 수록되어 전해진다.

② 요약 줄거리

이야기는 바닷속 왕국에 사는 막내 인어공주가 인간 세계와 특히 한 왕자에게 깊이 매혹되어 영혼(靈魂)을 얻고자 하는 소망을 품게 되는 것으로 시작된다. 인어공주는 인간세계를 엿보고 왕자의 얼굴을 보고 사랑에 빠진다. 어느 날 폭풍우가 몰아쳐 배가 난파하고 왕자가 바다에 빠지자, 인어공주는 그를 구해 해안가에 옮겨 놓고 소리 없이 떠난다.

인어공주가 인간이 되기를 간절히 원하여 마녀를 찾아가자, 마녀는 인간의 다리를 주는 대가로 목소리를 내놓아야 한다고 말한다. 인어공주는 그래도 괜찮다고 한다. 마녀는 인어공주의 목소리를 빼앗아간 다음 인간의 다리가 생겨나는 마법의 물약을 주는데, 그 대신 걸을 때마다 끔찍한 고통이 따른다고 덧붙인다. 또한, 왕자가 인어공주와 결혼하지 않고 다른 사람과 결혼하면, 인어공주는 바다 거품이 되어 사라질 것이며 영혼을 얻지 못할 것이라는 가혹한 운명이 선고된다.

인어공주는 인간 다리로 왕자 곁에 가지만, 말할 수도 없고 고통 속에서 서성일 뿐이다. 왕자는 인어공주를 고마운 존재로 여기지만, 결국 다른 공주와 결혼하게 된다. 왕자의 결혼식 당일, 인어공주의 자매들이 마녀로부터 받은 단검을 인어공주에게 주고, 만약 인어공주가 왕자를 죽여 바다로 돌려보내면 다시 인어공주로 돌아가 자신의 가족 곁에 있을 수 있다고 전해준다. 하지만 인어공주는 살인을 통해 자신이 구원받는 길을 거부한다. 새벽녘에 인어공주는 바다에 몸을 던져 거품이 되어 사라지는 듯 보인다.

그러나 이야기의 끝에서 인어공주는 완전히 소멸하지 않고, '공기의 정령(요정)'이라 불리는 존재로 변해 공중에 떠도는 영적 존재가 된다. 이들은 세상에서 300년 동안 선행을 쌓으면 결국 인간의 영혼을 얻어 하늘로 올라갈 수 있다는 가능성을 부여받는다. 따라서 원문 결말은 즉각적인 육체적·종교적 구원이 아니라 고행과 희생을 통한 장기적 구원의 여지를 암시하며, 비극과 희망이 혼재된 형태로 마무리된다.

2) 대중판 동화

① 작가와 시기

원작이 발표된 이후 19세기 말에서 20세기 전반을 거치며 다수의 번안판과 수정판이 등장했고, 20세기 후반에 이르러서는 특히 미국의 디즈니 애니메이션 《인어공주(The Little Mermaid)》(1989)가 대표적인 대중적 각색으로 자리 잡았다. 이외에도 아동용 그림책·무대극·영화 등에서 대중의 취향과 윤리 기준에 맞추어 원작이 수정되는 사례가 매우 많다.

② 요약 줄거리

일반적인 순화판에서는 인어공주가 마녀에게 목소리를 빼앗기고 인간이 되어 왕자와 만나는 기본 골격은 유지되지만, 결말은 긍정적으로 바뀌는 경향이 있다. 디즈니 버전에서는 인어공주는 마침내 왕자와 사랑의 결실을 맺고, 최종적으로 인간으로서 행복한 결말에 도달한다. 많은 아동용 번안에서는 인어공주가 스스로 목숨을 버리는 장면과 '공기의 정령(요정)'으로의 초월적 전환을 삭제하거나 단순화하여 묘사하고 있다.

3) 원본과 대중판의 차이점

원본은 비극(죽음과 희생), 대중판은 해피엔딩(사랑의 성취)으로 마무리된다.

또한 원본이 '사랑의 순수함과 희생'을 강조한 반면, 대중판은 '사랑과 용기의 승리'를 앞세우고 있다.

성냥팔이 소녀

Den lille Pige med Svovlstikkerne

한 해가 저물어 가는 몹시 추운 어느 겨울날이었습니다.

눈발이 매섭게 휘날리는 어두운 거리를 한 소녀가 서성거리고 있었습니다. 가엾은 그 소녀는 맨발에다 모자도 쓰고 있지 않았습니다.

소녀가 집을 나설 때는 물론 신발을 신고 있었습니다. 하지만 그 신발은 소녀의 어머니가 신던 것이었기에 소녀에게 너무나 컸습니다. 그런데 무서운 속도로 달려오는 두 대의 마차를 피하려고 서둘러 길을 건너다 그만 벗겨져 나가버린 것입니다.

소녀는 신발을 찾으려고 두리번거렸습니다. 그러나 한 짝은 어디로 숨었는지 보이지 않았고, 다른 한 짝은 동생이 생기면 동생 요람으로 쓰겠다면서 한 소년이 가지고 달아나 버렸습니다. 그래서 소녀는 살을 에는 듯한 매서운 추위 속에서 꽁꽁 언 맨발로 거리에서 서성거리고 있었던 것입니다.

소녀의 두 발은 꽁꽁 얼어 울긋불긋했고, 낡은 앞치마 주머니에는 성냥갑 몇 개가 있었습니다. 소녀는 온종일 성냥을 팔러 다녔지만 성냥을 사는 사람도, 소녀에게 돈을 주는 사람도 없었습니다.

소녀는 추위와 배고픔에 덜덜 떨면서 살금살금 걸었습니다. 어깨를 내리덮은 긴 금발 머리 위로 눈송이가 떨어졌지만 소녀의 얼굴에는 아무 표정도 없었습니다.

집마다 창문에서 따스한 불빛이 새어 나왔고, 거리에는 거위 고기를 굽는 맛있는 냄새가 그득했습니다. 그날은 마침 한 해의 마지막 날이었던 것입니다. 소녀도 그것을 알고 있었습니다.

소녀는 처마가 툭 튀어나와 있는 집 사이의 귀퉁이에 몸을 웅크리고 앉았습니다. 작은 발을 끌어당겨 깔고 앉았지만, 추위는 좀처럼 떨쳐지지 않았습니다. 그래도 소녀는 집으로 갈 엄두가 나지 않았습니다. 성냥을 전혀 팔지 못했으니 집으로 가져갈 돈이 없었고, 그걸 알게 된 아버지가 두들겨 팰 것이 분명했기 때문입니다.

게다가 집이라고 해서 여기보다 나을 것도 없었습니다. 눈비를 막을 지붕 말고는 바람을 가릴 게 없었습니다. 짚과 넝마로 커다란 틈새를 막긴 했지만 세찬 바람이 그대로 뚫고 들어왔으니까요.

소녀의 작은 손도 추위로 꽁꽁 얼어붙어, 거의 움직일 수 없을 지경이 되었습니다.

'성냥 한 개비를 꺼내 불을 붙인다면 손을 녹일 수 있을 거야.'

소녀는 성냥 한 개비를 빼냈습니다.

"치지직!"

성냥개비가 따뜻한 소리를 내면서 타올랐습니다. 작은 불꽃은 촛불처럼 환한 빛을 발했습니다.

소녀가 그 불꽃 위에 손을 올리자, 참으로 아름다운 빛이 일었습니다. 번쩍이는 황동 손잡이와 뚜껑 달린 거대한 쇠 난로 앞에 앉아 있는 것만 같았습니다. 불꽃이 얼마나 따스해 보이는지, 소녀는 두 발을 녹이려고 자신도 모르게 발을 내밀었습니다. 그러나 불꽃이 이내 꺼졌고, 동시에 난로도 사라져 버렸습니다. 소녀의 손에는 타다 만 성냥 꼬투리만 남아 있었습니다.

소녀는 새 성냥개비를 꺼내 벽에 그었습니다. 그러자 환한 불꽃이 타오르면서 벽을 비췄습니다. 벽이 베일처럼 투명해지더니 방 안이 훤히 들여다보였습니다.

눈처럼 하얀 식탁보가 깔린 식탁 위에는 맛있는 음식과 거위 구이가 차려져 있었는데, 사과와 자두로 속을 채워 구운 거위에서 김이 모락모락 피어올랐습니다. 그런데 신기하게도 거위가 접시에서 뛰어내리더니, 가슴에 칼과 포크를 꽂고서 소녀에게 다가오는 것 같았습니다.

하지만 바로 그때 성냥불이 꺼지고 말았습니다. 이제 보이는 것은 두껍고 차가운 벽뿐이었습니다.

소녀는 또 하나의 성냥개비를 꺼내 불을 붙였습니다. 이제 소녀는 근사한 크리스마스트리 아래 앉아 있었습니다. 그것은 성탄절 전날 밤에 소녀가 부유한 상인 집 유리문을 통해 본 나무보다 더 크고 화려하게 장식되어 있었습니다. 푸른 가지 위에서 수천 개의 촛불이 타올랐는데, 진열장에서 본 것과 같은 알록달록한 그림들이 소녀를 내려다보고 있는 것 같았습니다.

그러나 소녀가 나무가 있는 쪽으로 손을 뻗는 순간, 성냥불이 꺼져버렸습니다.

크리스마스 불빛들은 점점 더 높이 올라갔습니다. 불빛들은 마치 하늘에 있는 별처럼 보였습니다. 그때 별 하나가 화려하게 긴 꼬리를 그리며 떨어졌습니다.

"지금 누군가가 죽어가고 있나 봐."

소녀가 중얼거렸습니다.

이 세상에서 소녀를 사랑해 주었던 단 한 사람인, 돌아가신 할머니는 '하늘에서 별이 떨어지는 것은 한 영혼이 하느님의 품으로 올라가는 것'이라고 소녀에게 얘기해 주었습니다.

소녀는 다시 성냥불을 켰습니다. 그러자 주위가 환해지더니 불빛 속에서 할머니가 나타났습니다. 할머니는 온화하고 다정한 얼굴로 서 있었습니다.

"할머니! 저를 데려가 주세요. 성냥불이 꺼지면 가 버릴 거죠……? 따뜻한 난로처럼, 맛있는 거위 구이처럼, 멋진 크리스마스트리가 사라졌던 것처럼 그렇게 사라져 버리실 거죠?"

소녀는 이렇게 소리치면서 남아 있는 성냥을 모두 꺼내 불을 붙였습니다. 할머니를 붙잡아 두고 싶었던 것입니다.

성냥 무더기에 불이 붙자 주위가 대낮보다 더 환해졌습니다. 할머니의 모습은 그 어느 때보다도 더 거대하고 아름다워 보였습니다.

할머니는 소녀를 품에 꼬옥 안았습니다. 그리고는 밝은 빛을 내며 지구 너머 먼 곳으로 아주 높이 올라갔습니다. 추위도 배고픔도 고통도 없는 곳으로……. 그곳은 바로 하느님 곁이었답니다.

다음 날 새벽, 어슴푸레한 빛을 받으며 길모퉁이에 한 가엾은 소녀가 벽에 기대어 앉아 있었습니다. 뺨은 창백했지만, 입가에는 미소를 머금고 있었습니다. 바로 한 해가 저물어 가는 마지막 날 밤에 소녀가 얼어 죽은 것입니다.

새해의 태양이 떠올라 죽은 소녀 위에 빛을 뿌렸습니다. 소녀는 타 버린 성냥 무더기를 움켜쥔 채 뻣뻣하게 앉아 있었습니다.

"쯧쯧, 몸을 녹이려고 했던 게지."

사람들은 이렇게 말했으나, 소녀가 얼마나 아름다운 것들을 보았는지는 아무도 몰랐습니다. 그리고 새해 아침에 할머니와 함께 얼마나 영광스러운 나라로 갔는지도 전혀 몰랐습니다.

작품 해설

1) 원본 동화

① 작가와 시기

1845년 안데르센이 출간한 《새 동화집(Nye Eventyr)》 제2권에 수록되었다.

② 요약 줄거리

몹시 추운 새해 전날, 꽁꽁 언 맨발로 성냥을 팔며 거리를 떠돌던 소녀는 추위와 배고픔에 지쳐, 길거리에 웅크려 앉아 몸을 녹이고자 성냥을 켠다. 그리고 그 불빛 속에서 행복한 환상에 잠기다가 마지막에는 돌아가신 할머니와 함께 하늘로 올라간다. 다음 날 아침, 사람들은 그녀의 시체를 발견한다.

2) 대중판 동화

① 작가와 시기

대중판 또는 순화판은 20세기 이후 여러 나라의 아동문학 출판사들이 어린이 독자를 위해 재구성한 것으로, 특정한 한 작가가 아닌 편집자나 번역자들에 의해 만들어졌다. 특히 1950~1980년대의 교육용 그림책에서는 죽음이나 가난의 묘사를 줄이고 교훈적 메시지를 강조하는 경향을 띤다.

② 요약 줄거리

대중판에서는 비극적 결말이 완화된다. 소녀는 추위 속에서도 희망을 잃지 않고, 성냥불 속에서 가족과 따뜻한 집 그리고 크리스마스의 기쁨을 떠올린다. 마지막에 사람들이 소녀를 발견해서 함께 따뜻한 방으로 데려가 돌보는 버전도 있고, 소녀가 깨어난 뒤 행복한 새해를 맞이하는 버전도 있다.

3) 원본과 대중판의 차이점

원본은 인간에 대한 연민과 구원을 주제로 하되 '죽음의 비극과 천상의 해방'이라는 종교적 상징이 중심에 놓인다.

반면 대중판은 인간의 선의와 사회적 연대의 가치를 강조한다. 이웃의 도움과 사랑을 강조하며, '불쌍한 이를 외면하지 말자.'는 사회적 교훈을 앞세운다.

4) 참고 사항

이 작품은 19세기 중엽 유럽 사회 빈곤층의 현실을 배경으로 하며, 안데르센이 직접 목격한 사회의 불평등에 대한 비판적 시각이 반영된 것으로 알려져 있다.

아기돼지 삼형제

The Story of the Three Little Pigs

옛날에 한 늙은 암돼지가 아기돼지 세 마리를 데리고 살았습니다. 그런데 세 마리를 먹여 살리기에는 형편이 넉넉지 않았습니다. 고민하던 암돼지는 새끼들에게 각자 나가서 스스로 살아갈 방도를 찾아보라고 하면서, 늑대를 조심해야 한다고 단단히 일러주었습니다.

첫째 돼지가 가장 먼저 길을 떠났습니다. 얼마 가지 않아 짚단을 잔뜩 싣고 가는 남자를 만난 첫째 돼지는 짚을 조금 나눠달라고 청했습니다.

"아저씨, 집을 지으려 하는데 그 짚을 조금만 주면 안 되나요?"

남자는 기꺼이 짚을 내주었고, 첫째 돼지는 그것으로 집을 지었습니다.

얼마 지나지 않아, 늑대가 그 집 앞에 나타나 문을 두드리며 말했습니다.

"아기돼지야, 문을 열어라!"

그러자 첫째 돼지가 대답했습니다.

"싫어요! 절대로 열어줄 수 없어요."

그 말에 늑대가 으르렁거리며 소리쳤습니다.

"그럼 내가 숨을 크게 들이쉰 다음 내뿜어서 네 집을 날려버리겠다!"

늑대는 숨을 한껏 들이쉬더니 내뿜기 시작했습니다.

그리하여 짚으로 지은 그 집은 날아가 버렸고, 집이 사라지자마자 늑대는 첫째 돼지를 잡아먹어 버렸습니다.

둘째 돼지는 길에서 가시덤불을 싣고 가는 남자를 만났습니다.

"아저씨, 집을 지으려 하는데 그 가시덤불을 조금만 주면 안 되나요?"

간절하게 말하는 둘째 돼지가 가엾어 보였는지 남자는 가시덤불을 흔쾌히 내주었고, 둘째 돼지는 그것으로 집을 지었습니다.

그런데 또 늑대가 나타나서 말했습니다.

"아기돼지야, 문을 열어라!"

그러자 둘째 돼지가 대답했습니다.

"싫어요! 절대로 열어줄 수 없어요."

둘째 돼지의 말에 늑대가 이번에도 으르렁거리며 소리쳤습니다.

"그럼 내가 숨을 크게 들이쉰 다음 내뿜어서 네 집을 날려버리겠다!"

늑대는 또다시 숨을 한껏 들이쉬더니 내뿜기 시작했습니다.

그리하여 가시덤불로 지은 그 집은 날아가 버렸고, 집이 사라지자마자 늑대는 둘째 돼지도 잡아먹었습니다.

셋째 돼지는 길에서 벽돌을 가득 싣고 가는 남자를 만났습니다.

"아저씨, 집을 지으려 하는데 그 벽돌 좀 주면 안 되나요?"

남자는 기특하게 생각하며 집을 지을 만큼의 벽돌을 내주었고, 셋째 돼지는 그것으로 튼튼한 집을 지었습니다.

늑대는 다른 돼지들에게 했던 것처럼 또다시 나타나 문을 두드리며 말했습니다.

"아기돼지야, 문을 열어라!"

그러자 셋째 돼지가 대답했습니다.

"싫어요! 절대로 열어줄 수 없어요."

셋째 돼지의 말에 늑대가 또다시 으르렁거리며 소리쳤습니다.

"그럼 내가 숨을 크게 들이쉰 다음 내뿜어서 네 집을 날려버리겠다!"

늑대가 숨을 들이쉬고 내쉬기를 여러 차례 반복했지만, 벽돌로 지은 집은 끄떡도 하지 않았습니다.

온 힘을 다해도 집이 날아가지 않자, 화가 난 늑대가 속셈을 바꾸어 말했습니다.

"아기돼지야, 내가 먹음직스러운 순무가 있는 밭을 알고 있는데 같이 가 보지 않을래?"

"그곳이 어딘데요?"

"스미스(Smith) 씨네 밭이지. 내일 아침 일찍 널 데리러 올 테니, 같이 가서 점심거리를 구하자꾸나."

"좋아요! 몇 시에 오실 건가요?"

"여섯 시에 오마."

"알았어요."

그러나 셋째 돼지는 다음 날 새벽 다섯 시에 일어나, 먼저 스미스 씨네 밭으로 가서 순무를 모두 캐왔습니다.

그런 일이 있었던 것을 알지 못하는 늑대가 여섯 시에 셋째 돼지의 집 앞에 와서 말했습니다.

"순무밭에 갈 준비됐느냐?"

그러자 셋째 돼지가 대답했습니다.

"벌써 다녀왔어요. 점심거리를 한 솥이나 구해왔는걸요."

늑대는 몹시 화가 나고 분했지만, 애써 태연한 척하며 말했습니다.

"그래? 너는 정말 부지런하구나."

"고마워요. 먹음직스러운 순무, 잘 먹을게요."

하지만 늑대는 포기할 수가 없어, 또 다른 계책을 세워 말했습니다.

"아기돼지야, 맛좋은 사과가 주렁주렁 열린 사과나무 있는 곳에 같이 가 보지 않을래?"

"어디에 있는데요?"

"메리 가든(Merry-garden, 특정한 과수원이나 정원을 가리키는 지명)에 있지. 내일 새벽 다섯 시에 데리러 올 테니, 같이 가자꾸나."

"알았어요."

그러나 셋째 돼지는 다음 날에도 한 시간 먼저 일어나 새벽 네 시에 사과를 따러 갔습니다. 하지만 사과나무가 있는 곳은 멀었고, 나무에도 올라가야 했기에 시간이 생각보다 오래 걸렸습니다.

늑대가 올 무렵이 되어서야 사과나무에서 내려오려 하는데, 늑대가 사과나무가 있는 곳으로 다가오고 있는 것이 보였습니다.

셋째 돼지는 겁이 났지만, 침착해지려고 애쓰면서 나무에서 딴 사과들을 잘 챙겼습니다.

이윽고 사과나무 가까이 온 늑대가 말했습니다.

"아기돼지야, 뭐냐? 나보다 먼저 왔구나? 그래, 사과는 맛있느냐?"

"네, 아주 맛있어요. 하나 던져드릴게요."

셋째 돼지는 이렇게 말하며 사과 하나를 멀리 던졌고, 늑대가 그것을 주우러 간 사이에 황급히 나무에서 내려와 집으로 달아났습니다.

다음 날, 늑대가 또다시 찾아와 말했습니다.

"아기돼지야, 오늘 오후에 생클린(Shanklin, 지명)에 장이 서는데 같이 가 보지 않을래?"

"좋아요! 몇 시에 출발할까요?"

"세 시에."

"알았어요."

셋째 돼지는 이번에도 약속 시각보다 먼저 장터로 가서 이것저것 구경하다가 버터통(butter-churn, 크림 또는 우유를 덩어리가 지지 않도록 휘저어서 버터를 만드는 커다란 원통형 통)을 하나 샀습니다. 그러다가 집으로 돌아가려던 참이었는데 늑대가 오는 것이 보였습니다.

그러자 셋째 돼지는 당황한 나머지 버터통으로 들어가 숨어버렸습니다.

그런데 통이 굴러가기 시작하더니, 셋째 돼지가 들어있는 상태에서 그대로 언덕 아래로 굴러 내려가는 것이었습니다.

이 광경을 본 늑대는 소스라치게 놀라서 부리나케 도망치고 말았습니다.

잠시 후, 셋째 돼지의 집 앞에 다시 나타난 늑대는 자신이 장터에서 얼마나 두려움을 느꼈는지를 털어놓았습니다.

그러자 셋째 돼지가 재미있다는 듯이 웃으면서 말했습니다.

"그러니까 제가 당신에게 겁을 준 셈이군요. 제가 장터에서 이 버터통을 샀고, 당신이 나타나자 그 안에 숨었는데 그 통이 굴러 내려간 거예요."

이 말을 들은 늑대는 웃음거리가 되고 말았다는 생각에 화가 머리끝까지 났습니다.

"내가 이번에는 반드시 너를 잡아먹고 말겠어!"

늑대는 이렇게 소리치며 굴뚝을 통해 셋째 돼지의 집으로 내려가려 했습니다.

셋째 돼지는 늑대가 굴뚝을 타고 내려오는 것을 보고, 큰 솥을 건 다음 물을 붓고 불을 세게 지폈습니다.

늑대가 굴뚝으로 내려오자, 셋째 돼지는 물이 끓고 있는 솥의 뚜껑을 열어젖혔습니다. 그 순간, 늑대는 그대로 뜨거운 물 속으로 '풍덩' 하고 곤두박질치고 말았습니다.

그러자 셋째 돼지는 잽싸게 솥뚜껑을 다시 덮었고, 늑대는 펄펄 끓는 물에서 푹 삶아졌습니다. 그리하여 셋째 돼지는 잘 삶아진 늑대를 저녁 식사로 맛있게 먹었습니다.

그 후, 시도 때도 없이 괴롭히는 늑대가 세상에서 사라지자 셋째 돼지는 평화롭고 행복한 나날을 보냈다고 합니다.

작품 해설

1) 원본 동화

① 작가와 시기

이 이야기는 다수의 구전 전승자들에 의해 형성된 민담으로 보는 것이 타당하다. 영국을 비롯한 여러 지역에서 구전되던 것이 19세기 초·중반에 정리되기 시작해 1840년대에 민속설화집들에 수록되었다.

② 요약 줄거리

형편이 넉넉지 않은 어미 돼지가, 스스로 알아서 살아가라며 새끼 돼지 세 마리를 내보낸다.

첫째 돼지는 짚으로 집을 짓고, 둘째 돼지는 가시덤불로 집을 지었는데, 늑대가 찾아와 숨을 힘껏 내뿜자 집은 그만 날아가 버린다. 그리고 첫째와 둘째 돼지는 늑대에게 잡아먹히고 만다.

셋째 돼지는 벽돌로 튼튼한 집을 지은 덕분에 늑대가 아무리 거세게 숨을 내뿜어도 무너지지 않는다. 이런저런 계략이 다 실패하자, 늑대는 굴뚝으로 내려가 돼지를 잡아먹으려 한다. 셋째 돼지는 큰 솥에 끓인 물에 늑대를 빠뜨려 죽이고, 푹 삶아서 저녁 식사로 맛있게 먹는다.

2) 대중판 동화

① 작가와 시기

조셉 제이콥스(Joseph Jacobs)가 1890년에 간행한 《영국 민담집(English Fairy Tales)》의 판본이 널리 보급되어 이후 아동문학과 교육용 동화의 기초가 되었다. 20세기 들어서는 각국의 출판사마다 아동용으로 순화하거나 재구성하여 여러 대중판을 선보였다.

② 요약 줄거리

늑대가 돼지들을 잡아먹는 장면은 생략되거나 상징적으로 처리되고, 마지막에 늑대가 삶아져 돼지들이 그것을 먹는 묘사 역시 덜 직접적이거나 완화된다. 일부 아동용 판본에서는 늑대가 단순히 쫓겨나기도 한다.

3) 원본과 대중판의 차이점

원본의 '생존과 위험한 현실'이 대중판에서는 '교훈적 성공담'으로 전환되며, 결말의 잔혹성은 대부분 제거된다.

빨간 구두

The Red Shoes

어느 마을에 한 소녀가 있었습니다. 그녀의 이름은 캐런이었습니다.

돌보아주는 사람 하나 없이 가난하게 사는 캐런은 신발도 낡은 천 조각으로 만든 것뿐이어서, 추운 겨울에도 맨발로 다니는 일이 허다했습니다.

캐런은 남루한 옷을 입고 있는데도 웃음 띤 얼굴이 무척 고왔으며, 마음씨 또한 무척 착했습니다.

그러던 어느 날, 착한 소녀를 가엾게 여긴 한 노파가 손녀처럼 키우겠다면서 캐런을 자신의 집으로 데려갔습니다.

노파는 캐런에게 깨끗한 옷을 입히고, 새 구두를 사 주었습니다. 그 구두는 빨간색 비단으로 만들어졌는데, 햇빛을 받으면 유난히 반짝였습니다. 캐런은 그 구두가 무척 마음에 들었습니다.

교회에서 세례식을 하는 날, 캐런은 그 빨간 구두를 신겠다고 했습니다. 교회 갈 때 빨간 구두를 신는 것은 어울리지 않는다고 노파가 말렸지만, 캐런은 고집스럽게 빨간 구두를 신고 갔습니다.

교회에서 사람들이 모두 빨간 구두를 신은 그녀의 발을 바라보자 캐런은 으쓱하게 생각하며, 스스로도 그 빛나는 구두에서 눈을 떼지 못했습니다.

그날 이후로도 캐런은 틈만 나면 그 구두를 신었습니다. 그런 그녀를 보면서 몇몇 사람들이 '교만은 죄'라고 말하면서 자제하라고 했지만, 캐런은 그 말에 귀 기울이지 않았습니다.

캐런은 예배를 드리러 갈 때도, 장터에 갈 때도 반짝이는 그 빨간 구두를 신었습니다.

어느 날, 캐런은 무도회에 초대받았습니다. 무도회에 빨간 구두를 신고 간 캐런은 춤을 추기 시작했습니다. 그런데 이상하게도 발이 멈춰지질 않는 것이었습니다. 음악이 멎었는데도 그녀의 다리는 계속 움직였습니다. 캐런은 겁이 나서 울음을 터뜨렸지만, 아무 소용이 없었습니다.

빨간 구두는 마치 살아 있는 것처럼 그녀의 발을 끌고 이리저리 돌아다녔습니다.

캐런은 교회를 지나고, 마을을 지나고, 들판을 가로질러 가면서 밤새도록 춤을 추었습니다. 달빛 아래에서 빨간 구두는 더욱 빛났고, 그녀의 얼굴은 백지장처럼 창백해졌습니다.

"그만해! 이제 좀 멈추라고!"

캐런이 울부짖으면서 아무리 소리를 질러도 구두는 말을 듣지 않았습니다.

결국 그녀는 피로와 고통에 못 이겨 쓰러지고 말았습니다. 그런데도 구두는 여전히 그녀의 발에 붙어 있었습니다.

캐런은 절망 속에서 외쳤습니다.

"하느님, 제발 저를 용서해 주세요! 이 교만한 발을 멈추게 해주세요!"

캐런은 죽을힘을 다해 가까운 마을에 있는 사형집행인의 집으로 갔습니다.

"저의 발을 잘라 주세요. 이 구두를 도무지 멈출 수 없습니다."

놀란 사형집행인은 처음에는 거절했으나, 그녀의 간절한 눈빛을 보고는 결국 도끼를 들었습니다.

빨간 구두와 함께 그녀의 두 발은 잘려나갔고, 잘린 발은 구두를 신은 채 여전히 춤을 추면서 멀리 사라졌습니다.

통나무 의족을 차고 절뚝이며 살게 된 캐런은 날마다 눈물을 흘리며 회개했습니다.

그리고 다시 예배를 드리러 교회에 가고 싶었지만, 교회 문턱에 다가서면 보이지 않는 힘이 그녀를 밀어냈습니다. 문 안에서는 아름다운 찬송이 울렸으나, 들어가지 못하는 캐런은 문밖에서 무릎을 꿇고 기도할 뿐이었습니다.

그렇게 시간이 흘렀습니다. 병들고 쇠약해진 캐런은 하느님께 용서를 구하는 기도를 하며 하루하루를 지냈습니다.

그러던 어느 날, 그녀는 기도하던 중에 가쁜 숨을 몰아쉬더니 조용히 눈을 감았습니다. 그 순간 천사들이 나타나 캐런을 하늘나라로 데려갔습니다.

빨간 구두가 더 이상 존재하지 않는 그곳에서 캐런의 영혼은 안식(安息)에 들어간 것입니다.

작품 해설

1) 원본 동화

① 작가와 시기

덴마크의 동화작가 안데르센이 1845년에 발표한 작품이다.

② 요약 줄거리

가난한 소녀 캐런이 빨간 구두에 집착하자, 그러한 허영심과 교만함이 벌을 불러와 구두가 그녀의 발을 지배하면서 쉬지 않고 춤추게 만든다. 캐런은 고통을 견디다 못해 자신의 발을 잘라 달라고 호소하고, 잘려나간 발은 빨간 구두를 신은 채로 계속 춤을 추며 그녀를 떠난다. 이후 캐런은 회개하며 조용히 살다가 죽음을 맞이했고, 비로소 용서와 구원을 얻는다.

2) 대중판 동화

① 작가와 시기

19세기 말부터 20세기 전반에 걸쳐 여러 출판사와 번안자들이 어린이 독자를 위해 내용을 고쳐 순화한 판본들을 내놓았다. 또한 20세기 중후반 이후에는 원작을 예술적인 관점에서 재해석한 여러 각색(특히 1948년의 영화나 무용)이 등장했다.

② 요약 줄거리

원작의 잔혹한 요소들이 대폭 약화된다. 많은 아동용 번안에서 빨간 구두에 의해 계속 춤추게 되는 설정은 유지되더라도 발 절단 장면은 삭제되거나 상징적으로 처리된다. 결말은 원작처럼 신체적 고통과 죽음을 통한 속죄가 아니라, 소녀의 깨달음과 주위의 도움, 또는 단순한 교훈적 회개로 바뀌는 경우가 많다.

3) 원본과 대중판의 차이점

핵심적 차이는 잔혹성의 수위와 주제의 초점에 있다. 원본은 매우 직접적이고 극단적인 처벌 묘사(발 절단, 잘린 발의 끝없는 춤)를 통해 허영심과 교만함을 죄로 규정하고, 육체적 희생을 통한 속죄와 신앙적 구원을 중심 주제로 제시한다. 반면 대중판, 특히 아동용 순화판은 잔인한 묘사를 삭제하거나 완화하여, '허영심과 교만함을 버리고 겸손하게 살라.'는 보편적인 교훈을 부드럽게 전달하는 데 중점을 둔다.

콩쥐팥쥐전

조선 시대 중엽, 전라도 전주 서문 밖에 최만춘이라는 한 퇴직 관리가 살았습니다. 아내 조씨와 이십여 년을 금실 좋게 살아왔건만 슬하에 자식이 없어 근심이 컸습니다. 그래서 이들 부부는 부처님께 기도도 하고 곤궁한 사람에게 적선도 하면서 덕을 쌓았습니다. 어느덧 하늘이 감동했는지 하루는 부부가 신기한 꿈을 꾸었고, 이내 아내에게 태기가 있었습니다.

열 달이 차자 갑자기 그윽한 향기가 방 안에 감돌며 옥녀가 태어났습니다. 부부는 딸아이의 이름을 콩쥐라 짓고, 애지중지 길렀습니다.

그러나 천명이 그만이었는지 조물주의 시기함 때문이었는지 콩쥐가 태어난 지 겨우 백일 만에 조씨 부인이 세상을 떠났습니다. 최만춘은 뜻하지 않게 중년에 홀아비 신세가 되었고, 어린 콩쥐는 어미를 잃고 가엾은 처지가 되고 말았습니다.

만춘은 외롭고 쓸쓸할 때면 죽은 아내를 생각하며 눈물을 흘렸고, 어린 콩쥐를 안고 다니면서 동네 아낙네들의 젖을 얻어 먹였습니다. 하루 이틀도 아니고 일 년을 그랬으니 그 고생이 어떠했겠습니까.

콩쥐가 이슥한 깊은 밤에 빈방에서 두 팔을 허우적거리며 어미를 찾을 때면 아비인 만춘의 가슴이 미어지는 듯했습니다. 만약 죽은 어미의 혼이 있어 철모르는 콩쥐가 젖 찾는 소리를 들었다면, 그 흘린 눈물이 변하여 강을 이루었을 겁니다.

그러나 쉬지 않고 흐르는 것이 세월이라, 한 해가 가고 두 해가 가다 보니 어느덧 어린 콩쥐의 나이가 십여 세에 이르렀습니다. 그러자 이제는 고생이 호강으로 바뀌어, 만춘은 딸내미가 지은 밥을 먹고 딸내미가 지은 옷을 입게 되었습니다.

그런데도 만춘은 콩쥐가 열네 살이 되던 해에 배씨라는 과부를 얻어 금실의 즐거움까지 찾게 되었습니다. 그때부터 만춘은 모든 집안일을 배씨에게 맡기고 살림이 어떻게 되어 가는지 모르고 지냈습니다.

이때부터 콩쥐는 남모르는 고생을 하게 되었고, 설움이 아니면 날을 보내지 못하는 신세가 되었습니다.

원래 배씨는 시집을 갔다가 팥쥐라는 딸 하나를 낳은 후 남편을 여의고 과부가 되었는데, 좋은 중매 덕분에 최씨의 가문에 들어왔습니다. 그러나 천성이 간악 사특했으며, 그 딸

팥쥐 역시 마음이 곱지 못하고 얼굴조차 덕스럽지 못했습니다. 그런 만큼 터무니없는 모함으로 고자질하기가 일쑤였고, 콩쥐가 잘못되는 것을 자기가 잘 되는 것보다 더 좋아했습니다. 그리하여 모녀 사이에 소곤거림이 그치면 콩쥐의 신변에는 참혹한 일이 벌어지기 일쑤였습니다.

만춘은 배씨가 눈에 든 다음부터는 배씨의 말이라면 팥으로 메주를 쑨다 해도 곧이듣게 되었고, 오히려 허물없는 콩쥐를 구박하는 일이 잦았습니다.

하루는 배씨가 두 딸을 불러 놓고 말했습니다.

"시골 사는 계집애들이 농사일을 모르고서 목구멍에 밥알을 넣으면 안 될 터이니, 콩쥐는 오늘부터 들판에 나가 김을 매거라. 팥쥐는 콩쥐보다 한 살 덜 먹었고 아직 어려서 김을 매기가 쉽지 않을 거다. 그래도 집에만 있으면 제 자식만 아낀다고 할 것이니, 팥쥐 너도 오늘부터 나가서 김을 매거라."

그러고 나서 팥쥐에게는 쇠호미를 주어 집 근처 모래밭을 매게 하고, 콩쥐에게는 나무호미를 주어 산비탈에 있는 자갈밭을 매게 했습니다.

콩쥐는 점심도 제대로 먹지 못한 데다 호미도 나무로 만든 것이라 밭 한 고랑을 매는데도 시간이 적잖게 걸렸습니다. 게다가 한 고랑을 매고 난 다음에 나무로 된 호미 목이 부러져서 콩쥐의 마음은 뭐라 말할 수 없이 참담했습니다. 집에 돌아가면 호미를 부러뜨린 것도 죄목이 될 것이며 김을 얼마 매지 못한 것도 허물이 될 터이니, 저녁은 별수 없이 굶어야 할 판이었습니다. 여리고 약한 마음을 지닌 콩쥐는 천지가 아득해져 어찌할 줄 몰라 하며 하염없이 눈물을 흘렸습니다.

그런데 그때 하늘에서 검은 소 한 마리가 홀연히 내려오더니 콩쥐를 보고 물었습니다.

"너는 무슨 일이 있기에 그토록 울고 있느냐? 내게 자세한 이야기를 해 보아라."

콩쥐가 전후 일을 이야기하자 검은 소가 말했습니다.

"그렇다면 너는 곧장 하탕에 가서 발을 씻은 다음 중탕에 가서 손을 씻고, 상탕에 가서 낯을 씻고 오너라."

콩쥐는 검은 소의 말대로 손발과 얼굴을 씻고 돌아왔습니다. 그러자 검은 소는 좋은 호미와 온갖 과실을 치마폭에 싸 주고는 홀연히 사라져 버리는 것이었습니다.

콩쥐는 아버지와 어머니께 이야기한 후 그것을 다 같이 나누어 먹겠다는 생각으로 하나도 입에 넣지 않았습니다. 그리고 검은 소가 준 좋은 호미로 산비탈의 밭을 모두 매어 놓고 집으로 돌아왔습니다. 그러나 대문이 벌써 닫혀 있었고, 안에서는 팥쥐와 새어머니가 저녁밥을 먹고 있었습니다.

콩쥐는 과실을 문틈으로 죄다 들이밀어 놓고서야 간신히 안으로 들어갈 수 있었습니다. 그러나 그것뿐이라면 괜찮겠으나, 검은 소가 준 과실을 모두 빼앗긴 것은 물론이고 대뜸 새어머니 배씨의 호령까지 떨어졌습니다.

"콩쥐, 이년! 이리 오너라. 김을 매러 갔으면 일찍 마치고 돌아와서 밥도 먹고 또 다른 일도 해야 할 게 아니냐. 그런데 여태껏 무엇을 하다 이제 왔단 말이냐? 그리고 과실은 어디서 난 것이냐? 보아하니 이건 불공에 쓰는 과실 같은데, 어느 절 중놈에게 얻은 것이 아니고서야 이걸 누가 너에게 준단 말이냐? 열댓 살이 된 계집애가 벌써부터 지나가는 행인을 홀려 먹는단 말이냐? 이런 일을 네 아버지께서 알아봐라, 큰일 나지 않겠느냐? 팥쥐야, 이걸 아버지 눈에 띄지 않게 빨리 먹어치워 없애거라. 눈에 띄는 날이면 언니 년은 죽고 말 것이다. 언니는 실컷 먹었을 터이니, 네가 얼른 먹어치워라."

콩쥐는 꼬박 굶은 채 그날 밤을 눈물로 지새워야 했습니다.

그날 이후에도 콩쥐에게는 생각지도 못할 고난이 끊임없이 닥쳤습니다.

하루는 새어머니 배씨가 또 다른 일을 시켰습니다.

"오늘은 부엌의 빈 독에 물을 길어다 채워 놓아라."

콩쥐는 새어머니의 말대로 우물에서 물을 길어다 부었습니다. 그러나 아무리 길어다 부어도 어찌 된 일인지 독이 찰 기미가 보이지 않았습니다. 아침부터 진종일 물을 길어 나르다 보니 진땀이 흐르고 고개가 부러지는 것만 같았습니다. 더는 물을 길을 수가 없을 만큼 기운이 빠졌지만, 그렇다고 물을 채워 놓지 않을 수도 없는 노릇이었습니다. 불호령이 떨어질 것이 분명했으니까요.

그래서 다시 방구리를 머리에 얹고 우물로 가려는데, 마당 한쪽에서 맷방석만 한 두꺼비 한 마리가 엉금엉금 기어오더니 버럭 소리를 질러 말하는 것이었습니다.

"콩쥐야, 콩쥐야! 네가 암만 물을 길어다 부어도 그 독은 밑 빠진 독이라 절대 차지 않을 것이다. 그러니 혼자서 그렇게 애쓰지 말고 내가 이르는 대로 해라. 그 독에 난 틈이 손가락 하나 들락거릴 만하니, 네가 그 독을 조금 기울여 주면 내가 그 속에 들어가서 물이 새지 않게 해 보마."

그러나 콩쥐는 백 번 사양하며 듣지 않았습니다.

"내가 감당해야 할 고생을 어찌 남에게 미루라는 거야?"

그러자 두꺼비가 성을 버럭 냈습니다.

"나도 그런 생각이 없지 않으나, 너같이 마음씨 고운 아이가 고생하는 것을 그냥 두고 볼 수는 없지 않으냐. 나는 인간과의 인연이 깊어 몇백 년 나이를 누리며 살아오고 있는 터라, 그와 같은 일을 돌보지 않을 수 없어서 특별히 온 것이다. 그런데 네가 어찌 거절하여 이 늙은 것의 뜻을 무시하느냐?"

이에 콩쥐는 감사의 인사를 한 다음 물독을 기울여, 두꺼비가 엉금엉금 기어 그 밑으로 들어가게 해주었습니다. 그리고 독을 바로잡아 놓은 다음 물을 길어다 부으니, 몇 번 안 하고도 독에 물이 가득 찼습니다.

새어머니 배씨에게 물독을 채웠노라고 말하니, 배씨는 겉으로는 좋아하는 듯이 반응했으나 속으로는 이상하게 여기는 것이 분명해 보였습니다.

'저것이 일전에는 그렇게 넓은 산비탈 자갈밭을 하루해가 지기 전에 다 맨 데다 난데없이 과실까지 얻어오더니, 이번엔 밑 빠진 독에 물을 채워 놓았다고? 아무래도 저년을 그냥 두었다간 큰일 나겠어. 도대체 저년은 어떻게 된 계집애이기에 남이 할 수 없는 일을 해내는 거지?'

그러구러 세월을 보내는데, 콩쥐의 외갓집 조씨 댁에서 무슨 잔치가 있다면서 콩쥐를 불렀습니다. 그런데 염치도 없고 인사도 모르는 배씨가 큰 마누라 본가 잔치에 무슨 면목으로 가려는지, 콩쥐는 제쳐놓고 자기가 가겠다고 날뛰었습니다.

"내가 다녀올 테니 너는 집을 보고 있거라. 만약 너도 가고 싶거든 베 짜던 것을 끝내놓고, 겉피(껍질을 벗기지 않은 피. '피'는 볏과의 한해살이풀) 석 섬을 말려서 다 찧으면 오도록 해라."

그리고는 비단 저고리를 꺼내 입고, 싸두었던 진신(진 땅에서 신도록 만든 신)을 꺼내 신는 등으로 한동안 수선을 피우며 맵시를 내더니 팥쥐만 데리고 집을 나섰습니다.

어쩔 수 없이 혼자 남은 콩쥐는 훌쩍거리면서 겉피 석 섬을 마당에 널어놓은 다음 베틀 위에 올라앉아 짤깍짤깍 베를 짜기 시작했습니다. 그러나 무슨 재주로 한 필 베를 짜며, 석 섬이나 되는 겉피를 말려서 찧어 놓을 수 있겠는가. 콩쥐는 얼마나 울었던지 정신을 못 차릴 지경이었습니다.

그런데 이게 웬일입니까? 콩쥐가 한 번도 보지 못한 예쁜 여인이 어디선가 나타났습니다. 그녀는 찬란한 비단옷을 곱게 차려입고 있었는데, 신기한 향내를 풍기며 베틀 앞으로 다가서더니 깜짝 놀라서 어리둥절해 하는 콩쥐에게 말했습니다.

"내가 비록 재주는 없으나 베틀을 빌린다면 당장에 짜낼 수 있답니다. 그러니 아가씨는 곧 떠날 채비를 하세요."

콩쥐가 베틀에서 내려오자 여인은 베틀에 올라앉더니 얼마 안 가서 짜던 것을 다 마치고 내려오며 말했습니다.

"아가씨, 이제 일이 끝났으니 어서 외가에 가세요. 또한 앞으로 좋은 기회가 있을 거고, 견디다 보면 차차 고생을 면하고 호강하게 될 거예요."

그러고는 비단 보자기를 풀더니 새로 지은 옷 한 벌과 댕기와 신발까지 새것을 내주었습니다.

"나는 하늘에서 내려온 직녀로, 상제의 허락을 받고 왔어요. 그래서 오래도록 머물지 못한답니다."

이렇게 말하고는 몸을 날려 공중으로 날아갔습니다.

넋을 잃고 바라보던 콩쥐는 가까스로 정신을 차리고는 막대기를 집어 들고 마당으로 내려갔습니다. 그 순간 아까부터 겉피 위에 앉아서 쪼아 먹던 새 떼가 훌쩍 날아가 버렸는데, 콩쥐가 가까이 가서 살펴보니 겉피는 벗겨지고 알맹이만 남아 있었습니다. 알고 보니 새 떼는 알맹이를 쪼아 먹은 게 아니라 껍질을 벗겨 놓았던 것입니다.

콩쥐는 직녀가 건네준 옷으로 갈아입은 다음 댕기도 머리에 두르고 새 신발을 신고서 외갓집에 가려고 집을 나섰습니다.

외갓집이 있는 건넛마을로 가는 길에는 여러 가지 아름다운 꽃이 피어 있어, 공중을 나는 새는 물론이고 다른 짐승들도 춘삼월의 즐거움을 만끽하고 있었습니다. 콩쥐 또한 꽃들이 풍기는 그윽한 향기를 음미하며 손짓하는 나비를 쫓아가려고 뛰기도 하고 웃기도 하면서 주변 경치를 감상했습니다. 그러다 보니 시냇물이 나타났고, 콩쥐는 물가에 앉아 손을 씻는가 하면 맑은 물속에서 떼 지어 놀고 있는 물고기들을 향해 돌멩이를 가볍게 던지면서 놀래주기도 했습니다.

이때 뒤쪽에서 그 고을에 부임하는 감사의 행차가 오니 길에서 물러나라는 소리가 들렸습니다. 콩쥐는 허겁지겁 시냇물을 뛰어 건너려다 그만 잘못하여 신발 한 짝을 물속에 빠뜨리고 말았습니다. 그러나 두렵고 다급한 마음에 콩쥐는 감히 신발을 건져 보려고도 하지 못한 채 외가로 달려갔습니다.

뒤에서 오고 있던 행차가 그 길을 지나칠 때였습니다. 감사가 무심코 앞길을 바라보니 상서로운 기운이 돌고 있었습니다. 그래서 부하들에게 그 기운이 떠도는 언저리를 둘러보게 하였습니다. 그러나 별다른 것은 없고, 다만 개울물 속에 신발 한 짝이 있을 뿐이었습니다. 감사는 매우 기이하게 여기며, 부하에게 그 신짝을 간수해 두라고 일렀습니다. 그리고 관가에 도착하자마자 신발 한 짝을 잃어버린 사람을 찾아보라고 각처로 사람을 보냈습니다.

이럴 즈음 콩쥐는 외가에 가서 외삼촌과 외숙모께 절을 한 후 그간의 회포를 풀었습니다. 못 오는 줄 알았다면서 그때까지 섭섭하게 생각하고 있던 외삼촌 내외는 무척 반가워했습니다. 그리고는 어머니가 돌아가신 후로 고생이 많았을 거라며 진심으로 위로하면서 좋은 음식을 갖추어 차려 주었습니다.

그러나 먼저 와 있던 새엄마 배씨가 좋지 않은 기색으로 콩쥐에게 다가오더니 나지막한 소리로 말했습니다.

"콩쥐야, 짜던 베는 다 짜고 왔느냐? 말리던 겉피도 다 찧어 놓았고? 이번에도 어떤 놈이 너 대신 해주더냐? 또 집은 어쩌려고 비워 두고 온 것이냐? 그리고 그 비단옷은 어디서 훔쳐 입은 거란 말이냐, 응?"

그리고는 다른 사람들이 보지 않는 틈틈이 꼬집어 뜯는 것이었습니다.

콩쥐는 기가 막혔지만, 할 수 없이 그사이 있었던 일을 낱낱이 말했습니다. 그러자 콩쥐의 이야기를 듣고 있던 배씨의 눈알이 튀어나올 것처럼 커지고 얼굴색이 청기와처럼 파래지더니, 화를 이기지 못하고 씩씩거렸습니다.

그때 외갓집에는 온 집안이 터지도록 손님들이 모여 있었습니다. 그러므로 이 구석 저 구석에서 콩쥐가 가엾다는 이야기를 주고받는가 하면, 한편에서는 콩쥐의 행실을 칭송하는 이들이 많았습니다.

그런데 이때 마침 관가에서 차사(관아의 하인)가 나와 동네를 돌아다니면서 외치는 소리가 들려왔습니다.

"이 동네에 신발 한 짝을 잃어버린 사람이 있거든, 이리 와서 말하고 찾아가시오."

그러더니 바로 콩쥐의 외갓집 문전에 이르러, 잔치에 모인 사람들에게까지 일일이 그 신발을 신겨 보는 것이었습니다. 그러는 중에 배씨가 차사 앞으로 썩 나서며 말했습니다.

"여보시오, 차사님! 그 신발의 임자는 바로 나예요. 신발 한 짝을 잃어버리고서, 아까운 생각을 참을 길이 없어 간밤에도 잠 한숨 이루지 못했지요. 이리 주세요. 그 신발은 어제께 새로 산 것인데, 한 번 신고 바로 잃어버렸다고요."

그러자 차사가 물어보았습니다.

"그러면 잃어버린 곳은 어디이며, 어떻게 하다가 잃어버렸는지 말해 보시오. 이 신발은 내가 얻은 것도 아니고, 이번에 새로 부임하신 감사 사또께서 행차 중에 얻으신 거요. 그 신발 임자를 찾아 관가로 데려오라는 분부가 있으시니, 만일 당신이 잃어버린 게 틀림없다면 이리 와서 신어 보시오."

그리고 신발을 내놓자, 배씨는 버럭 화를 내면서 신발을 빼앗으려 하며 뇌까렸습니다.

"아니, 차사님. 내 말 좀 들어보세요. 내 것을 내가 찾아가는데, 신어 보기는 무얼 신어 보란 말이오? 신어 보지 않으면, 내 것이 아닐까 싶어 그러시오? 어제 사서 신은 신발을 이 집 잔치에 오다가 저 건너 벌판에서 잃어버렸소. 그래도 내 말을 못 믿겠다면 여러 말 말고, 어서 이리 주시오!"

차사는 그 하는 모양을 보고는 주저하다가 발을 내놓게 하고 그 신발을 신겨 보았습니다. 그러나 발은 중턱까지도 들어가지 않았습니다. 차사는 그의 무엄한 짓을 크게 나무란 다음 다른 사람들에게 차례로 신어 보게 하였습니다.

하지만 맞는 사람이 없어서 차사들이 다른 곳으로 옮겨가려 하는데도, 콩쥐는 천연덕스럽게 구경만 하고 있었습니다. 그러자 손님으로 와 있던 어느 노부인이 당상에 올라앉아 있다가 차사를 불러 말했습니다.

"그 신발을 잃은 사람을 관가에서 찾는 연유는 모르겠으나, 이 가운데 콩쥐라 하는 아가씨가 그 신발을 잃어버리고서도 부끄러워 차마 말도 하지 못하고 있는 듯하오. 그러니 신발 임자를 찾아서 주고 가시오. 그 아가씨는 생전에 처음으로 얻은 신발이라 하오."

차사가 그 말을 듣고 콩쥐를 불러내어 신발을 신어 보라고 하자, 콩쥐는 낯을 붉히면서 간신히 발을 내밀었습니다. 그리고는 얌전한 발부리를 신발 안에 들여놓으니 살며시 쏙 들어갔지요. 의심할 것도 없이 콩쥐의 신발이었으니까요.

차사가 콩쥐에게 허리를 굽혀 절하고서 이내 가마 한 채를 꾸며 가지고 와서는 관가로 들어갈 것을 청했습니다. 그러나 콩쥐는 아직도 시집가지 않은 처녀의 몸인 데다 괴이쩍은 생각도 들고 두렵기도 하여 외삼촌께 동행해 달라고 했습니다.

콩쥐의 가마가 관가의 문 앞에 도착하자, 외삼촌이 먼저 안으로 들어갔습니다. 소식을 고대하고 있던 감사는 신발을 잃은 처녀가 문밖에 와 있다는 말을 듣고서 적이 놀라는 기색을 보였습니다.

이번에 새로 부임한 감사는 성이 김씨였습니다. 김 감사는 자식을 두지 못하고 일찍이 부인을 잃은 고적한 신세였지만, 부인이 세상을 떠난 후에도 첩을 두거나 하는 일에 관심을 두지 않고 스스로 마음을 가다듬으며 세월을 보내고 있었습니다. 그런 만큼 자연 신기한 것을 즐겨 연구하면서, 조그마한 일일지라도 눈에 띄고 귀에 들리는 것이 기이하게 여겨지면 기어이 알아내고야 말았습니다.

부임하던 그 날만 하더라도 이상한 기운을 느낀 데다 그곳에서 새 신발을 얻었으므로 호기심이 생겨 그 신발 임자를 만나 보았으면 했던 것입니다. 그런데 뜻밖에도 신발 임자를 찾으러 나갔던 차사가 관청의 지시만을 중히 여긴 나머지 남의 집 처녀를 데려왔다고 하니, 김 감사는 적잖게 놀랐습니다.

그래서 감사는 콩쥐의 외삼촌에게 그 연유를 물었습니다.

"어떤 처녀이기에 신발에 그토록 서기가 서리는가?"

외삼촌도 서기가 어린 연유에 대해서는 뭐라 대답할 수 없었으므로 결국 콩쥐를 불러 물어볼 수밖에 없었습니다.

콩쥐는 모친의 상사(喪事)를 당한 일부터 시작해서 새엄마 배씨가 들어온 이후에 있었던 일들을 낱낱이 말했습니다.

감사는 놀라는 한편 매우 기뻐하면서, 콩쥐의 외삼촌에게 콩쥐와 혼인할 뜻을 밝히고서 의사를 물었습니다.

"저로서야 뜻을 따르고 싶지만, 조카딸의 부친이 있으니 일단 물러가서 상의한 후 다시 돌아와 말씀드리겠습니다."

최만춘으로서야 콩쥐와 감사의 혼인을 싫다고 할 이유가 없었습니다. 그래서 서둘러 택일하겠다고 했습니다.

이후 온갖 예를 다해 콩쥐를 시집보내게 되었습니다.

그런데 배씨는 당초에 자신이 영화를 누려 볼 요량으로 차사에게 자기가 잃어버린 신발이라고 했다가 무안을 당한 후로, 콩쥐를 미워하는 마음이 더욱 심해졌습니다. 팥쥐도 머리끝까지 샘이 나는 것을 꾹꾹 눌러 참으며 기회가 오기를 별렀습니다.

"콩쥐 저년이 지금은 고운 옷을 입고 꽃단장하고서 감사의 부인이 되어 가지만, 네가 내 계교 앞에서 어차피 편히 호강하진 못할 것이다."

석류꽃이 한철을 지나고 쓰르라미가 목을 가다듬어 우는 어느 날, 팥쥐는 문득 세월이 빠름을 깨닫고는 빨리 서둘지 않으면 안 되겠다는 조바심에 집을 나섰습니다. 팥쥐는 그 길로 콩쥐를 만나보려고 감영 살림채로 들어갔습니다.

그때 감사는 공청에 나가고, 콩쥐는 좋은 옷을 입고 아담하게 꾸며 놓은 후원 연못가의 별당 난간에서 힘차게 솟아오른 연꽃을 구경하고 있었습니다. 콩쥐에게 다가간 팥쥐는 거짓으로 반색하는 척했습니다.

"에구머니, 형님. 그동안 편히 지내셨죠? 보기 싫은 이 팥쥐는 형님이 출가한 후로 시도 때도 없이 형님 생각이 간절하여, 어떻게 지내시는지 궁금해서 보러 왔어요. 내가 전엔 철이 없어 형님한테 응석처럼 한 일들이 많은데, 지금 생각하면 너무나 잘못한 것 같아 뼈에 사무치도록 뉘우치고 있어요. 그렇더라도 형님은 그런 것을 속에다 품어두지 마세요. 우리 자매가 데면데면하게 지내면 안 되잖아요."

본래 악의가 없는 사람은 잘 속는다는 말도 있듯이, 팥쥐의 말을 들은 콩쥐는 자기도 모르게 마음이 움직였습니다.

'팥쥐가 그전엔 나를 셀 수 없이 모해했더라도 그때는 철이 없어서일 거야. 하지만 이젠 나이가 들어 저렇게 사과까지 하는 것을 보니 철이 든 모양이야.'

이렇게 생각하고는 콩쥐는 좋은 음식도 대접하고 살아가는 형편도 물어보고 하면서 집안 구경을 시켜 주었습니다.

이때 팥쥐는 말과는 달리 간악한 심술이 북받쳐, '콩쥐 저년을 어떻게 하면 싹까지 없어지게 하지?' 하는 생각으로 머릿속이 가득 차 있었습니다. 그러면서 콩쥐를 따라 온갖 화초를 구경하다가 연당 앞에 이르렀습니다. 그때 문득 한 가지 묘책이 떠올라, 콩쥐에게 연못에서 목욕하자고 말했습니다. 그리하여 콩쥐와 팥쥐는 옷을 못가에 벗어 놓고 연못으로 들어가 목욕을 하게 되었습니다.

그런데 팥쥐가 슬금슬금 콩쥐를 연못 깊은 곳으로 끌고 가더니 별안간 등을 떠미는 것이었습니다. 워낙 순식간의 일이라, 어쩔 도리 없이 콩쥐는 그대로 물속으로 가라앉아 버렸습니다.

콩쥐가 겨우 잡은 부귀영화를 마음껏 누려보기도 전에 이렇듯 연못 귀신이 되고 말 줄을 그 누가 알았겠습니까.

간특하고 요사스러운 팥쥐는 콩쥐가 물속으로 들어간 후 물거품이 두어 번 솟구쳐 오르다가 이내 잠잠해지는 것을 제 눈으로 확인하자 마음이 환해졌습니다.

"이렇게 쉽게 내 계교대로 되는 것을, 쓸데없이 오랫동안 마음을 썩였구나!"

팥쥐는 이렇게 뇌까린 다음 입가에 웃음을 띠며 급히 밖으로 나와서 제 옷을 걷어치워 버리고, 콩쥐의 옷을 주워입었습니다. 그런 다음 태연한 모습으로 마치 콩쥐인 양 별당 난간에 앉아 연꽃을 바라보면서 기쁜 마음을 감추지 못했습니다.

감사가 이때 공사를 마치고 내아로 들어서자, 하녀가 "마님께서는 후원 별당에서 홀로 연꽃을 구경하고 계십니다." 하고 말했습니다.

그 말을 들은 감사는 후원으로 발길을 돌렸습니다.

김 감사는 콩쥐를 맞아들인 후로는 공사만 끝나면 콩쥐와 떨어져 있지 않으려고 했습니다. 그러므로 홀로 연꽃을 구경하고 있다는 말을 듣자, 자기도 연꽃 구경을 하면서 콩쥐가 연꽃을 사랑하는 의취(意趣, 의지와 취향을 아울러 이르는 말)도 들어보고 싶어 급히 별당으로 들어갔습니다. 그러자 그때까지 난간에 기대어 꽃구경하고 있던 팥쥐가 재빨리 자리에서 일어나더니 웃음 띤 얼굴로 내려와 감사를 맞이했습니다. 그러자 감사도 기쁜 낯으로 부인의 손목을 잡고서 다시 별당 난간으로 올라가 웃으면서 말했습니다.

"부인은 연꽃 구경을 하며 오늘도 즐거웠소?"

그리고 이야기를 하다가 문득 부인의 얼굴을 보니, 전날의 모습과는 달리 거무튀튀할 뿐 아니라 얽기까지 한 것이었습니다. 매우 놀란 감사가 낯빛마저 흐리면서 그 이유를 물으니, 팥쥐가 이렇게 대답했습니다.

"종일 여기서 서성거리며 당신이 오시길 기다리다 보니 햇볕을 쐬어 이토록 검은 빛이 되었습니다. 얽어 보이는 것은, 좀 전에 당신이 들어오시는 줄 알고 허둥지둥 뛰다가 그만 발이 걸려 콩 멍석에 엎어지는 바람에 이 꼴이 되고 말았습니다."

이 말을 들은 감사는, 부인이 늙은 남편인 자기를 사모한다고 생각되어 도리어 고맙게 여기며 여러 말로 위로했습니다. 그러다 보니 얼굴이 변한 것은 애석하게 여겼지만, 사람이 바뀐 것은 전혀 깨닫지 못했습니다.

며칠 후였습니다. 하루는 감사가 몸이 불편해 일찍 공사(公事, 국가나 공공 단체의 일)를 마치고 들어와 연못가를 배회하고 있었는데, 연못 가운데에 전날 보지 못했던 연꽃 하나가 눈에 띄었습니다. 꽃줄기가 유별나게 높이 솟아난 데다 꽃 모양도 신기했고, 그 아름다움은 무엇과도 비길 수 없을 정도였습니다. 그리하여 감사는 하인에게 그 꽃을 꺾어다가 별당 방문 앞에 꽂아 놓게 하고, 자나 깨나 그 꽃을 들여다보았습니다.

그러나 팥쥐는 저렇게 큰 꽃이 별안간 저토록 곱고 아름답게 피어난 것이 괴이하게 여겨져, 감사가 그 방을 떠나면 들어가 보곤 했습니다. 그런데 참으로 괴상한 것은 팥쥐가 그 방에서 나올 때마다 그 꽃송이 속에서 손 같은 것이 뻗어 나와 팥쥐의 머리채를 잡아 뜯는 것이었습니다. 그러자 팥쥐는 "요것은 필연 콩쥐년의 귀신이 붙은 것이다."라고 말하며, 그 꽃을 뽑아 불 아궁이에 처넣어버렸습니다. 그런 다음 두려움이 없어진 팥쥐는 마음대로 콩쥐의 세간을 마구 뒤지면서 집 안을 제 마음대로 휘저었는데 다시금 이상한 일이 벌어졌습니다.

하루는 관아의 이웃에 사는 할멈이 불씨를 얻으려고 감사 댁 내아로 들어왔습니다. 할멈은 예전부터 감사 부인과 친숙하게 지내온 터라 연못가 별당으로 가서 아궁이의 불을 떠가려 했습니다. 그런데 아궁이 속을 들여다보니 불은 씨도 없이 꺼져 있고, 난데없는 오색 구슬만 아궁이에 가득 채워져 있는 것이었습니다. 할멈은 허겁지겁 구슬을 모조리 치맛자락에 쓸어 담아 집으로 가져와서 반닫이 속에 감추어 두었습니다. 그런데 뜻밖에도 반닫이 속에서 할멈을 부르는 소리가 났고, 그 소리는 감사 부인의 목소리와 흡사했습니다. 이상하게 여긴 할멈이 반닫이 문을 열어 보니 감사 부인이 그 속에 들어앉아 있는 게 아니겠습니까. 감사 부인은 놀라서 입도 다물지 못하는 할멈에게 자기가 죽게 된 전후 사정을 이야기하고는, 한 가지 묘책을 일러주었습니다.

할멈은 감사 부인이 일러주는 대로 잔칫상을 차린 다음, 거짓으로 자신의 생일이라 하면서 김 감사를 초대했습니다.

김 감사가 할멈의 집에 와서 자리에 앉아 젓가락을 드니 한 짝은 길고 한 짝은 짧아 제대로 잡을 수가 없었습니다. 이에 감사가 할멈의 소홀함을 나무라니, 할멈이 미처 대답하기도 전에 홀연 병풍 뒤에서 이런 말소리가 들렸습니다.

"젓가락 짝이 틀린 것은 그렇게 잘 아는 똑똑한 양반이 어째서 내외의 짝이 틀린 것은 그토록 모르신단 말이오?"

'내외의 짝이 틀리다니, 이게 무슨 말인고?' 감사는 속으로 이렇게 생각하다가, 그동안 아내의 거동이 종종 이상했다는 사실을 깨닫고서 이내 돌아가서 알아보려고 급히 자리에서 일어났습니다.

그때 별안간 병풍 뒤에서 녹의홍상을 입은 한 미인이 앞으로 나오더니, 감사에게 절을 한 다음 이렇게 물었습니다.

"당신께서는 정녕 첩을 몰라보십니까?"

깜짝 놀란 감사는 어찌할 바를 모르며 당황하다가 빨리 사연을 말하라고 재촉했습니다.

"첩은 의붓동생인 팥쥐에게 해를 입어 연못 귀신이 되었습니다. 그러나 기왕 이렇게 되었으니, 당신께서는 팥쥐와 함께 내내 안녕하시기 바랍니다."

감사는 곧바로 팥쥐를 잡아 문초했습니다. 그러는 한편 사람들을 시켜 연못의 물을 빼게 했더니, 콩쥐의 시체가 웃는 낯으로 누워 있었습니다.

그래서 급히 시신을 건져내어 염습하려 하는데, 죽었던 콩쥐가 다시 숨을 돌리며 살아났습니다. 그리고 그때 이웃 할멈의 집에 있던 콩쥐는 홀연히 온데간데없이 사라졌습니다.

이에 모든 관속과 읍내에 사는 백성들까지도 이 신기한 일에 놀라지 않는 사람이 없었습니다.

감사는 팥쥐에게 칼을 씌워 하옥시키고, 그간 있었던 일을 조정에 보고했습니다. 며칠이 지나, 조정에서 하회(下回, 윗사람이 회답을 내림.)가 있었습니다.

감사는 그 하회대로 형리를 시켜 죄인 팥쥐를 수레에 매어 찢어 죽이고, 그 송장을 젓으로 담아 항아리 속에 넣고 꼭꼭 봉한 다음 팥쥐의 어미를 찾아 전하게 했습니다.

팥쥐의 어미는 팥쥐가 흉계를 품고 콩쥐를 죽이러 관아에 들어갈 때, 매사에 조심하여 아무쪼록 성사하라고 당부했습니다. 그러고는 이내 남편 최만춘을 고추박이(신분이 낮고 천한 여자의 남편을 낮잡아 이르던 예전의 말)처럼 차 버리고 다른 서방을 얻어 나갔습니다. 혹시 있을지도 모르는 만약의 경우에 대비하기 위해서였던 것입니다.

그 후 팥쥐의 덕을 입으려고 주야(晝夜)로 기다리던 중에 관가에서 선물이 왔다고 하니, 팥쥐 어미는 너무 기쁜 나머지 폴짝폴짝 뛰었습니다. 그러다가 새로 얻은 서방을 방 안으로 불러들인 다음, 무엇이 들어있을지 잔뜩 기대하면서 커다란 항아리의 아가리를 동여맨 끈을 풀었습니다. 그 안에는 정체를 알 수 없는 젓갈이 가득 들어있었고, 글씨를 쓴 종이가 따로 들어있었습니다. 종이에는 이렇게 씌어 있었습니다.

'흉한 꾀로 사람을 죽이는 자는 누구든 이처럼 젓으로 담그고, 딸에게 흉하고 독한 일을 실행하도록 가르친 자에게는 그 고기를 씹어 보게 하노라.'

이 글의 내용으로 팥쥐의 소행이 탄로 나 결국 죽임을 당했음을 알게 된 팥쥐 어미는 그 자리에서 기절하여 넘어지고 말았습니다. 그리고 팥쥐 어미는 기절한 채 영영 일어나지 못해, 모녀는 나란히 손을 잡고 지옥으로 가 버렸습니다.

한편 김 감사는 가짜 콩쥐를 눈치채지 못했던 자신의 허물을 깊이 사과했고, 이웃 할멈에게는 상급을 후히 내렸습니다.

이후 콩쥐와 더불어 다 하지 못한 인연을 다시 이어서 아들 셋을 낳고 딸도 낳아 화락(和樂)한 나날을 보냈습니다.

그런가 하면 콩쥐의 아버지 최만춘도 찾아내어, 현숙하고 덕이 있는 여자를 얻어 단란한 살림을 이루게 해주었습니다.

그리고 고을 사람들을 어진 마음씨로 다스렸으며, 어려운 사람에게는 돈과 곡식을 아낌없이 내려 그들을 구제했습니다.

이에 김 감사 내외의 어진 덕이 온 나라에 퍼져, 그들을 칭송하는 소리가 드높았습니다.

작품 해설

1) 원본 동화

① 작가와 시기

특정한 한 작가의 작품이 아니라 구전으로 전승되던 조선시대의 설화에서 기원한 것으로 판단된다.

문헌상으로는 고전소설 형태의 활자본인 《콩쥐팥쥐전》이 존재하지만, 작가와 저술 시기는 불명확하다. 전해지는 활자본으로는 《대창서원본》(1919), 《태화서관본》(1928) 등 여러 판본이 있다.

② 요약 줄거리

핵심 줄거리는 착하고 근면한 콩쥐와 악독한 계모 및 심술궂고 못된 팥쥐의 대비를 중심으로 전개된다. 콩쥐는 계모와 팥쥐의 구박 속에 갖은 고난을 겪지만, 검은 소·두꺼비·하늘의 직녀 등의 신비한 도움을 받아 그때마다 위기를 벗어난다.

어느 날 콩쥐는 외갓집 잔치에 가던 길에 신발을 잃는 것이 계기가 되어 고을의 감사와 혼인하고, 비로소 행복하고 편안한 삶을 맞이한다.

이를 질투한 팥쥐는 계모의 사주(使嗾)를 받아 콩쥐를 연못물에 빠뜨려 죽인다. 하지만 콩쥐는 다시 살아나고, 계모와 팥쥐는 벌을 받아 비참하게 죽게 된다.

2) 대중판 동화

① 작가와 시기

20세기 초·중반에 이르러 어린이용 전래동화 형태로 재구성된 여러 대중판이 나왔다. 이 과정에서 원전의 폭력적이거나 잔인한 요소들은 대체로 완화되거나 사라졌다.

② 요약 줄거리

콩쥐가 계모와 팥쥐의 학대를 초자연적 도움으로 해결하는 것, 그리고 행복한 결혼으로 보상받는 것은 마찬가지다.

반면에 다분히 폭력적이고 잔혹한 에피소드는 생략되었다.

3) 원본과 대중판의 차이점

원본의 결말에는 콩쥐가 혼인에 이르는 '혼인담' 계열과 '죽음 이후의 재생' 계열의 판본이 공존한다.

또한 원본은 지역별·구전별로 결말이 달라 '혼인담'과 '죽음 이후의 재생'이 공존하는 반면, 대중판은 혼인으로 귀결되는 해피엔딩으로 끝난다.